中国散文 60 强

月亮冒雨而来

车前子 / 著

图书在版编目（CIP）数据

月亮冒雨而来 / 车前子著. -- 北京：北京联合出版公司，2024.8. --（中国散文60强）. -- ISBN 978-7-5596-7782-2

Ⅰ．I267

中国国家版本馆CIP数据核字第2024EJ6357号

月亮冒雨而来

| 作　　者：车前子
| 出 品 人：赵红仕
| 出版监制：张晓冬
| 责任编辑：高霁月
| 特约编辑：和庚方　张　颖
| 封面设计：立丰天

北京联合出版公司出版
（北京市西城区德外大街83号楼9层　100088）
三河市同力彩印有限公司印刷　新华书店经销
字数150千字　650毫米×920毫米　1/16　14印张
2024年8月第1版　2024年8月第1次印刷
ISBN 978-7-5596-7782-2
定价：65.00元

版权所有，侵权必究
未经书面许可，不得以任何方式转载、复制、翻印本书部分或全部内容。
本书若有质量问题，请与本公司图书销售中心联系调换。
电话：17710717619

"中国散文60强"丛书

编委会

丛书总策划

张　明　　著名出版人

编委主任

邱华栋　　全国政协常委
　　　　　中国作家协会副主席、书记处书记

编　委

叶　梅　　中国散文学会会长
陆春祥　　中国散文学会副会长
冯秋子　　中国作家协会原社联部副主任
吴佳骏　　《红岩》编辑部主任
张　英　　资深媒体人
文　欢　　作家、资深编辑

中华散文的文脉与发展
——"中国散文 60 强"总序

邱华栋

中国是诗的国度,亦是散文的国度。

穿越千年时空,从明清至唐宋,再由魏晋南北朝至两汉先秦一路回溯,汉语言文学中的散文实乃根深叶茂,硕果累累。无论是"唐宋八大家"之雄文美文,还是骈俪多姿的辞赋,以及名垂史册的《史记》《左传》,均为中国文学史上的璀璨明珠。"散文"与"诗"一道,成为中国文学的"嫡系"。尽管,后来从西方引进嫁接技术所催生的"小说",大有"喧宾夺主"之势,终究还得"认祖归宗",血脉和基因是无法改变的。

在中国散文流变历程中,曾出现过两次鼎盛期。一次是被文学史家所公认的"先秦散文"时期。其时,伴随着春秋时期的思想解放,诸子蜂起,百家争鸣,一大批散文家以饱满的气血、驳杂的学识和破茧的精神,创造出了散文的繁荣和辉煌局面,对后世产生了极大的影响。

到了"五四"时期,中国散文迎来了第二次鼎盛期。白话文如劲风激浪,吹刮和涤荡着神州大地。沉睡的雄狮醒来了,偃卧的小草开始歌唱。许多学贯中西的进步文人,肩扛文化变革的大纛,冲锋陷阵,掀起了一波又一波的新文学浪潮。《新青年》上刊载的散文,犹如一束束亮光,不但给人以希望,还给人以力量。"五四"以来的散文作品，无论是观念和主题，还是形式和风格，都跟以往的散文迥然不同。最具代表性的，当属鲁迅先生的散文（包括杂文），其刚健、凌厉的文质，疗救了中国散文长久以来颓靡不振、钙质疏流的顽疾。此外，周作人、郁达夫、朱自清、萧红、沈从文等一大批作家的散文创作亦各具特色，呈一时之盛，影响深远。

时代的前行催生了文学的发展，然而文学与时代有时并不同步甚至充满了"张力场"。"五四"的个性解放虽然催生了一批个性鲜明的散文精品，但这样的生态并未持续多久，中国散文的波峰出现了向低谷滑行的趋势。有论者指出，"散文在 50 年代既是对解放区散文文体意识的放大，又是对五四散文文体精神的进一步偏离。这种放大和偏离表现在个体性情的抒发让位于时代共性或者时代精神的谱写，政治标准优先于艺术标准，批判性为歌颂性所取代等诸方面。"（董健、丁帆、王彬彬《中国当代文学史新稿》）1960 年代初，散文创作一度出现了活跃，"专业"从事散文创作的作家群凸显出来，刘白羽、杨朔、秦牧相继登场，迅速成为散文界的三位名家。但他们的作品后人评价褒贬不一，认为其中颂歌式的写法较为单向，这种模式化的写作，不但对散文的建设毫无益处，反而扼杀了散文的个性和神采。

"文革"十年，中国散文更是一片凋零和荒芜，乏善可陈。1970 年代末，一些历经浩劫的作家开始复血，解除思想枷锁，重新拿起笔来写作，中国散文才又凤凰涅槃，焕发生机。加之各种文学刊物纷纷复刊和创刊，以及大量西方文化读物的译介出版，更为这些饥渴、桎梏太久的散文作者提供了登台亮相的舞台和瞭望世界的窗口。

1980 年代初期，伴随改革开放的热潮，思想解放大旗招展，文化随之繁荣，诸多承续"五四"精神的作家以笔为旗，抒发胸中压抑既久之块垒，出现了一批抒情性质浓郁的散文，使得现代散文这块"百花园"芳菲争艳，蔚为大观。特别是 1980 年代中期，随着作家主体意识的不断强化，中国文学开始呈现出一个崭新局面，作家从"集体意识"中抽身而出，重新返回"个体"，注重对生活的体察和内在情感的表达。这一时期，散文的艺术性得以强化，文本的精神内涵和表现空间得以拓展。

　　进入 1990 年代，社会发展日新月异，城镇化进程锐不可当，文化领域亦呈多元格局。各种文学思潮相互碰撞，人文精神的讨论更是打开了作家们的创作思路。"大散文"概念的提出，引发了散文界对散文的内涵和外延的重新讨论和界定。风靡一时的"文化散文"热，成为文坛上一道靓丽的风景。"新散文""原散文""后散文""在场散文"等散文流派"你方唱罢我登场"，争奇斗艳，各领风骚。

　　及至二十世纪末，一批深具先锋意识和文体自觉的新锐作家，像一头公牛闯入瓷器店，使散文天地发生了激烈的碰撞和变化，形成一股新的散文潮流，提升了散文的审美品质和精神向度。

　　纵观 1978 年至 2023 年四十多年来，中华大地在"改开"的黄金时代中，社会生活奔涌激荡，各种思潮风起云涌，散文创作更是云蒸霞蔚、气象万千，涌现了众多成就斐然、风格各异的散文作家和具有思想深度、艺术上乘的散文作品。岁月的流水冲走了枯枝败叶和闲花野草，中流砥柱却巍然屹立。时间留住了新时代的散文经典，经典在时间的长河中绽放光芒。以沙里淘金的经典散文向"改开"的时代致敬，是我们不可推卸的责任和义务。

　　别看散文的门槛貌似很低，要真正写好，却实属不易。优质散文是有难度的写作，它不但需要作者的智识、胸襟、眼界、修养和气度格局；更需要写作者的态度、立场、慈悲、良知和批判勇气。遗憾的是，散文创作繁荣和光鲜的另一面，却是大量平庸甚至低劣之作的泛滥，不但败坏了读者的胃口，而且造成了物质和精神的极大浪费。散文作家层出不穷，散文作品汗牛充栋，可真正能让人记住的散文佳构却凤毛麟角。

　　散文要发展，文学要前行。发展和前行就要从平庸的樊篱中突围。在突围的过程中，散文作家不可太"聪明"，不可太世故，要永存对文学的敬畏之心。一言以蔽之，散文的尊严来自散文作家的尊严。也可以说，要想散文繁荣，首先需要有一批人格健全，品德高尚，铁肩担道义的散文作家。什么样的人写什么样的文章。特别是写散文，最容易看出一个作家的内在品质和境界涵养。一个人格不健全的人，哪怕他作文的技法再高妙，也很难写出撼人心魄、抚慰灵魂的散文来。作家精神品质的高低，直接决定其作品的精神向度。

为了散文写作的突围和发展，为了建设独具特质的当代散文，也是为了更好地从经典散文中汲取营养，我认为有必要正视和重申一些常识性的思考。高头讲章的理论是灰色的，常识之树却蕤葳常青。

一、作家的个体精神决定散文的优劣。常言道，散文易学而难攻。难在什么地方，不是难在技巧，而是难在作家个体精神的淬炼上。倘若作家的个体精神不够丰富，不够深刻，不够清澈，纵使他手里握着一支生花妙笔，也写不出令人称赞的散文。那么，如何才能做到个体精神的丰富性呢，这就要求作家时时刻刻不背离生活，要知人情冷暖，体察人间百态，关心民瘼，有忧患意识，不要做生存的旁观者。一个冷漠甚至冷酷的人，是不适合从事散文创作的。

二、真诚是确保散文品质的基石。散文创作跟作家的生存经验息息相关，可以说，真正优质的散文，无不牵连着作家的血肉和心性。作家的喜怒哀乐，悲欢离合，都或隐或显地暗含在他的作品中。假如在一篇散文作品中，读者既看不到作者的体温，又看不到作者的态度，那这篇作品或许就是失败的。说明这个作者在他的作品中"说谎"或"造假"，缺乏真诚之心。作家一旦失去真诚，为文必定矫揉造作，作品也必定会失去生命力。因此，真诚是散文的"生命线"，也是"底线"。

三、个性是促进散文生长的养料。人无个性便无趣，文无个性便平质。当下，每年都会诞生数以万计的散文篇章，但能够让人记住，且读后还想读的作品并不多，何故？概在于这些数量庞大的散文，无论题材，还是语感都千篇一律，像是从"模具"中生产出来的，缺乏辨识度。散文要发展，必须要求作家具有"个性意识"。"个性意识"不是标新立异，更不是哗众取宠，而是一种"创新意识"和"审美意识"。但凡在散文创作方面被公认的那些大家，都是"文体家"，他们以自觉的写作实践，开创了散文写作的新路径。不合流俗方能独步致远，推动散文的建设和繁荣。

当然，以上几点并非创作散文的圭臬，谁也没有资格去为散文"立法"。

散文是自由的创造，散文精神即自由精神。我之所以提出来，仅仅是希望引起散文同行们的重视和参考，共同为中国当代散文的发展尽力增光。

我们策划、编选"中国散文60强"（1978—2023）的初衷，旨在对新时期以来的中国散文创作作出梳理、评价和选择，试图精选出风格各异的代表性散文作家，以每位一部单行本的形式，呈现出中国新时期优质散文的大体样貌。此项目的发起人为资深出版人张明先生。多年来，他一直追求做高品位的纯文学书籍，也曾连续多年与中国散文学会、中国小说学会合作，出版年度《中国散文排行榜》和年度《中国小说排行榜》。2023年他策划出版了《中国小说100强》，反响不俗。身处喧嚣、纷杂的环境，能以如此情怀和心力来为文学做如此浩大的工程，不能不令人钦佩！

感谢张明先生邀请我和叶梅、冯秋子、陆春祥、吴佳骏、张英、文欢组成编委会，共同遴选出60位作家。我们在召开筹备会的时候，即将作品的思想性、艺术性、代表性以及影响力作为编选的基本原则。在确定入选作家名单时，我们认真商讨，反复研究，生怕因为各自的眼力、审美和趣味之别，造成遗珠之憾。好在我们的工作得到了作家们的积极回应和鼎力支持，惠风和畅，大地丰饶。

60位入选的作家，既有令人尊敬的文学大家，如孙犁、张中行、汪曾祺、史铁生、邵燕祥、流沙河、刘烨园、宗璞、贾平凹、韩少功、张炜、梁晓声、阿来、冯骥才等。这批散文大家的作品，文风质朴、清朗、刚健，充满了"智性"和"诗性"。无论他们是写怀人之作，还是针砭时弊，歌咏风物，都有着鲜明的文化立场和审美取向。他们或出入历史，借古观今；或提炼人生，洞明世事，输送给读者的都是难能可贵的"精神营养"。

也有被散文界公认的名家，如李敬泽、王充闾、马丽华、周涛、冯秋子、叶梅、筱敏、张锐锋、周晓枫、于坚、鲍尔吉·原野等。这些作家的散文作品，特色鲜明，风格独特，诚挚内敛，从内容到形式，都作出了各自的探索和尝试，为当代散文注入了活力。从他们的作品中，我们不但能够领略汉语之美，更可以借此反观生活与存在，寻找人之为人的价值和尊严。

还有散文界的中坚力量和青年才俊，如彭程、谢宗玉、江子、雷平阳、任林举、塞壬、沈念、傅菲、吴佳骏、周华诚等。从他们的作品中，我们见到的，不只是中国散文的文脉传承，更是自由精神的张扬。他们文心雅正，笔力锋锐，不跟风，不盲从，始终保持着独立的思索和判断，在各自所开辟的散文园地中精耕细作，以崭新的姿态参与和推动当代散文的变革。

其实，细心的读者不难发现，入选本丛书的老、中、青三代作家都有个共性，即他们均在以自己的作品审视心灵，心系苍生，弘扬真善美，鞭挞假恶丑，充满了正义感和人道主义精神。这自然与时下众多书写风花雪月，一己悲欢，充塞小情趣、小可爱的散文区别开来。正是因为有他们的存在，中国当代散文才呈现出一幅绚丽多姿的长卷。

需要说明的是，有些重要的散文家，如张承志、余秋雨、王小波、苇岸、刘亮程、李娟等人，由于版权或其他不可抗原因，未能将他们的作品收录进来，我们深以为憾。

我们还要感谢北京立丰天文化传播有限公司的资金支持，感谢北京联合出版公司的精心编校，他们慷慨和无私的义举，对于繁荣中国当代散文创作、对于赓续中华优秀散文文脉、对于中国新时期的文化积累，均具重大价值和意义，可谓善莫大焉。这套丛书的出版意义将同《中国小说100强》一样，旨在给读者以经典的指引，这既是一项重要的原创文学工程，同时也是助力推动全民阅读和研究传播文化的公益工程。

郁郁乎文哉，中国散文有幸！

是为序。

2024年5月12日星期日

（作者为全国政协常委，中国作协副主席、书记处书记）

目 录
Contents

001 | 瓷片与钱币

010 | 纸本墨笔

019 | 见　面

027 | 做　梦

036 | 腊梅海棠车前子鸡冠花凤仙一串红

039 | 雪竹图

044 | 花下醉

051 | 我在回忆

053 | 梅花春雨江南

056 | 小畜集

061 | 园林里的长颈鹿

064 ｜ 园林里的鸟

066 ｜ 园林里的猴子

071 ｜ 园林里的羊

074 ｜ 有关散文

076 ｜ 小记事本

079 ｜ 月亮冒雨而来

082 ｜ 古中国诗人书法

089 ｜ 对联记

092 ｜ 桃李丑核

098 ｜ 名士门庭

104 ｜ 九　段

109 ｜ 五　世

111 ｜ 孙艾《蚕桑图》《木棉图》

113 ｜ 犹如在夏夜没有灯火的弄堂里听鬼故事

117 ｜ 礼　让

118 ｜ 小王山

122 ｜ 东山雕花楼饮食记

127 ｜ 脱　莱

129 ｜ 祖　先

130 | 笔法说

131 | "元四家"说

134 | 白又白

135 | 不常常

137 | 哈　哈

138 | 卖肉的与卖兰花的坐在一起

140 | 昨天大风

142 | 在英国梦游

158 | 在苏州梦游

172 | 在园林梦游

184 | 在古琴梦游

208 | 胭脂史

瓷片与钱币

书近结尾，它比我们更需要避而不见。

几个人聚在一起，欢迎她归国，几年留学，学的是占星术……书近结尾，女主人公去拜访占卜师卡罗特夫人，李斯佩克朵本人也拜访过占卜师，李斯佩克朵告诉访谈者："我去见了一位占卜师，那人向我讲了各种即将发生在我身上的好事，坐出租车回家路上，我心想，在听了那种种好事后，假如有辆出租车把我撞倒，碾过我，我死了，那可真是滑稽。"

她告诉大家，占星术与占卜术不同，吉卜赛女人擅长后一种。

二十世纪五六十年代的北京和上海，有两位话剧大导演，北面焦菊隐，南方黄佐临，所谓一片苍茫，"北焦南黄"；黄佐临曾在海外逛市场时遇到过吉卜赛女人，她会读心术，让黄佐临心里想句话，她能说出来，事实果真如此，黄佐临大为惊讶，但也无法探究。

想起以前我读到一本书，谈及"吉卜赛"是埃及语，意思"不可触及"，是不是？我没有查证，只是作为少年印记保存下来。既然意思不可触及，有些阶段就需要错误知识，为了兴致勃勃，为了大是懵懂，为了第二天刻意神秘，这刻意是创造呢还是保持？探究它好像也不那么有趣。

好吧，有一次我做梦，梦见在橄榄林捡到一块钱币，醒来告诉行家，我把那块钱币描述一番，清晰记得一个人盔甲齐整骑在马上，怕不够准确，又七七八八画它下来。行家说，哦，这是君士坦丁一世的索利都斯金币。

我对古钱币毫无兴趣，我不记得我见过索利都斯金币，怎么会梦见它呢？

居然还在橄榄林中，深绿色的坡度，骡子高高大大林间穿梭，仿佛浓褐的游击队员，"你暴露了目标"，天气不能弥补谏果损失，地中海廉价日用品在太湖流域成为昂贵奢侈品——橄榄是我童年时期价格最高的水果。

橄榄是水果吗？它被古城水果店装在一只带盖玻璃罐中，宛若减肥之后的东西山青梅。后来古城水果店也卖荔枝了，橄榄唯我独尊的地位有所下降，但也不滥竽充数，继续只在春节前后上市，平时难觅。古城水果店也卖青皮萝卜，切开后，桌上绽放一朵艳红玫瑰，从上海滩回到古城隐居的人，有阅历的人，洋气地喊它"玫瑰萝卜"。

身在水果店的橄榄和萝卜是水果吗？至今我尚未弄清，稍加注意，世界堆满问题，我们并不能像骡子高高大大林间穿梭那样游刃有余。其实它们很少走动。

许多日子,这个梦搅乱了我的生活,后来写入诗中,生活恢复原样,涟漪从水面揭起,移到热气腾腾的面包上,成为乳白的奶油网格。突然自问,我为什么不爱吃面包而嗜好面条?它们的家族性并不能说服口感。被加工过的家族,很难从相似之中发现端倪,几个人聚在一起,加工梦,痴人说梦,痴人才是盒饭时代的点心师,在包子顶端捏出二十一个褶皱。

　　上个月,有位丢三落四姑娘带来《写作与生活》,本质上她是一个三岁男孩的母亲,只是看不出已婚已育迹象,前几天她打我电话,说墨镜昨天忘我家了。我说你昨天来过吗?近一个月我们没有见面,《写作与生活》我已读完,读不出你认为的好。阅读是梦,美梦的概率很小,不是噩梦就已侥幸。我从她那里第一次知道李斯佩克朵这位巴西作家,在《星辰时刻》献词中,这位巴西作家写道:

　　"就在这一瞬间,我准备爆炸成:我。这个我是你们,因为我不能忍受只成为自己,我需要其他人才支撑得下去,我多么愚蠢,我走向歧途,总之,人只能冥思,来坠入这完满的空,唯有冥思才能抵达。冥思不需要结果:冥思可只以自身为目的。我无言地冥思,我什么都不思。写作搅乱了我的生活。"

　　写作搅乱了她的生活,写作搅乱过我的生活吗?好像没有。我又认真想了一遍,真的没有。你为一个句子——词在这个句子最佳位置——的伦理而熬夜,仅仅打破作息,而非搅乱生活。为什么人称代词在这里没来由从"我"转换成"你",百思不得其解。

　　或许是我似乎看到自己在灯下拿着铅笔画来画去,写一个句子所耗费的体力,和我乡下表叔从乡下划船到城里差不多,那么,风景呢?

　　我坐过乡下表叔划的船,确切说来:我坐过乡下表叔摇的船,他拿的是橹，不是桨，摇橹划桨，各司其职。坐在船头，晃晃悠悠进入桥洞那一瞬间，最为兴奋，我最为兴奋，洞壁黑乎乎烟熏火燎，熏过燎过，乡下表叔告诉我，摇船人在桥洞躲雨，碰到长脚雨，就在桥洞生火做饭，还有……坐在船头，河道狭窄，看见对面摇来一只船，欲撞不撞，最为兴奋，我最为兴奋，两只船快撞上时候，摇船人急叫："不好了！""不好了！"真撞上了，摇船人反而大笑，异口同声："那么好了。"彼此谦让一番，彼此敛声而过，还有……

"还有——不要忘记，原子的结构人们看不到，但却知道。很多事情我看不到，但我知道。你们也是如此。"我想李斯佩克朵的献词也可以通用到风景，这是对风景与人较为残酷又通透的制图。

说起风景，有本很好看的书《风景与权力》，"风景不是一种艺术类型而是一种媒介。""风景是人与自然，自我和他者之间交换的媒介。在这方面，它就像金钱：本身毫无价值，但却表现出某种可能无限的价值储备。""风景这一媒介存在于所有的文化中。""风景是一种枯竭的媒介，作为一种艺术表现方式不再活力盎然。但我们不能因此就说，风景犹如生活令人生厌。"

话说回来，一个复杂概念的呈现，制图比写作灵便得多，只是有复杂概念的画家所见甚少。归类于所见甚少者往往有个装满复杂概念的大脑袋，在大脑袋上，眼睛和面孔比例就像一只重一两半的烧饼，孤零零镶嵌两粒芝麻，黑芝麻或白芝麻，如果两粒芝麻一粒黑一粒白，就是波斯烧饼了。也可能中国围棋烧饼，执黑先行，他百思不得其解，醒来看到暗夜。

坐在乡下表叔所摇船上，到乡下，已是暗夜，夏天有成群结队的萤火虫，我坚持认为不是幻觉，是亲眼所见，寡妇河浴，半个身子露在河面上，叮满萤火虫，从此她的乳头发出幽灵般的绿光，直到黎明时分熄灭。风景呢？不是风景，是背景，背景一排一排袅袅升起的白兰花树，表叔村里是为茶厂服务的花农——用印象主义手法画白兰花树，用后印象主义手法画白兰花树，用表现主义手法画白兰花树，大概都可以冒充橄榄树，而用抽象主义手法画白兰花树冒充橄榄树却反而不能，所以杰出的抽象画家是珍稀动物，即使天才如毕加索，他总是看见瓶瓶罐罐和男男女女，所以他反对抽象画。

我从没见过有人画白兰花树，我见过不少人画橄榄树，我用橄榄树冒充白兰花树，替镇文化馆配乡土小说插图，我找张梵高画的橄榄树冒充白兰花树，大家以为梵高画过白兰花树，激动之余，十分感慨，他是我们镇的！

梵高至少画过十五幅——橄榄树、橄榄园、橄榄林，大多是在圣雷米疯人院创作，他说："日光和天空的影响意味着橄榄树有无穷无尽的主题。"一幅他在六月七月画的橄榄林：狰狞的群山之上，白云像三五浴女突然受到地震惊吓，裹着肥皂泡逃出浴池，冲进波动的橄榄林……我第一次看到这幅画，就像遭遇地震。

但我也知道并不能从梵高那里学习到橄榄树知识，他画的橄榄树，如果他不说这是橄榄树，我会以为就是一棵普普通通的树，一片普普通通的树林，需要的话，就自说自话命名为白兰花树。只是表叔乡下的白兰花树都种在瓦缸，到冬天统统搬进暖房，暖房里臭烘烘的，镇上宣传员和村里民办教师躲里面恋爱，孩子们朝屋顶扔砖头。

……其实橄榄林也很普通，无非因有了名字而与众不同，一如橘林、香樟林、榆林、枫林、梅林。

我想起我青年时期在东山梅林捡到瓷片（官窑残留物），对了，会不会多年以后，它摇身一变，让我梦见在橄榄林里捡到罗马钱币，作为生殖与繁衍的呼应？

作为什么的呼应？那天梅林春游，几个人聚在一起嘻嘻哈哈，忽然撞见新坟，顿时严然肃然，"霜随柳白，月逐坟圆"，如果表达为"柳随霜白，坟逐月圆"，又怎样呢？庾信偏偏"霜随柳白，月逐坟圆"，顿时严然肃然，顿时新柳垂死，顿时皓月见老，顿时惊心动魄，顿时鸦雀无声。绕坟兜转一圈，不见墓碑，于是墓主人的身份颇让几个人猜测，几个人中有位小说家，她即兴编织故事，有说好，有说不好。

如果我没记错，《斯蒂芬墓碑》是库塔格作品，不知道这个斯蒂芬是谁？初次听到，以为乔伊斯小说人物，因为听过贝利奥《向乔伊斯致敬》。库塔格《卡夫卡片段》极大满足了我的好奇心，这部组曲由四十首小品组成，近一半作品时长不到一分钟，当音符精简到原子——原子的结构，我听不到，却由此产生想象力。想象力让我们每天面对物种起源，"看见部分物种起源畸形，表情脱白，加剧走马灯地洞般近亲表情：生逢其时的绝境测绘。"《卡夫卡片段》，有几个版本，我个人比较喜欢奥地利花腔女高音普罗哈斯卡和德国小提琴家浮士德联手演绎的"舞台剧"，之所以这么说，因为我听出了舞台感，一切也就不那么戒备。虽然卡夫卡如阴沉，幽默却比梵高，如果我没记错，阅读《城堡》之际，我几次笑出声来，我是不是庸俗，很庸俗？

而再次扫墓，我认定《斯蒂芬墓碑》这个斯蒂芬是斯蒂芬·茨威格。

茨威格写道："它只是树林中一个小小长方形土丘，开满鲜花，没有十字架，没有墓碑，没有墓志铭，连托尔斯泰这个名字也没有。"

托尔斯泰小时候和他哥哥听保姆讲，亲手种树的地方会成幸福所在，他们就在庄园里种了几株树苗，也就忘记，托尔斯泰晚年想起这事，当即表示将葬于那些树下。

当茨威格写下这些，他就义不容辞地成为托尔斯泰的墓碑。

人人都是墓碑，这个是巧合呢，还是呼应？

而我捡到的官窑瓷片，像梦中罗马钱币，自然无影无踪。确切想来，并不是无影无踪，无花果亦非拒绝开花。

并不就是一个梦。从写作上看，嗯，扯到写作。

瓷片类写作与钱币类写作。

卡夫卡纪念馆现身的一块瓷片多少有点恶作剧，更多，是孩子气，一块景德镇外销青花瓷碎片，长桥断裂，只剩一角，帆船沉没，独留白帆在桥洞之中……钟声在河对岸响起。

瓷片类写作是种伤害写作，伤害，被伤害，并没构成并立，也不是递进，它像一块瓷片的正反面，我们看到正面的痕迹，必然知道反面的空白，而恰是空白让分裂的完形显得不需要弥补。这种"伤害—被伤害"，可以用这个短语表达："伤被害"，其中的主动性是瓷片类写作者所选择，也就是说，"伤被害"缺乏主动性的话，就不能融洽，它会守护伤害与被伤害的某一端而无法彼此挤入。融洽，挤入；它从完形脱离，用破碎性提供收纳性，而非损耗。

瓷片类写作与读者之间没有等价交换的计量单位与评估标准。

钱币类写作是种自足写作，它是威权的，更是流通性的，容不得半点损耗，它与读者之间会建立起在相当长一段时间内可执行的等价交换的计量单位与评估标准。它自身就是完形，没有空白，但却需要弥补：知识作为历史——异口同声的精确填充物。

而瓷片类写作是把直觉作为知识，它不可靠，所以不能成为填充物，如果硬被指派为填充物，也是不精确填充物。因为精确总是暂时的，不精确是艺术给人类的一袋没有保质期的干粮，没有日子的起点，也没有出发处。

但瓷片类写作与钱币类写作有个共同点，即运作性简化到最后第二步，就是形式范畴中的遣词造句，而非内容范畴中的遣词造句。

文学首先是形式的，反形式的是文献。文献首先是内容的。

瓷片类写作相当于丑闻写作，起码在当时必然看上去声名狼藉。钱币类写作相当于信誉写作，即使受到非议也不构成丑闻，至多遭遇贬值。

但我也很难义不容辞地把卡夫卡划入瓷片类写作，把托尔斯泰划入钱币类写作，搞笑的话就让卡夫卡和托尔斯泰相遇，会发生什么？

就是一个梦。卡夫卡利用休假去拜访托尔斯泰，根据屠格涅夫描述，托尔斯泰"穿一件长袖子的、宽大的蓝大衣，纽扣一直扣到上面，脖子上围一条淡紫色的绸围巾，脚上穿着一双擦得很亮的有穗子的长筒靴"，托尔斯泰请卡夫卡喝伏特加，没有斟满，倒了半杯，托尔斯泰自己喝水，客厅里的壁炉没有完全燃烧，渗出桦木的焦香味，卡夫卡抿口伏特加，咳嗽起来，托尔斯泰觉得甚是无趣，托尔斯泰虽然觉得甚是无趣，还是很认真地望着卡夫卡，等他喘过气来。

等卡夫卡喘过气来，托尔斯泰提议去庄园外面走走。

天黑了，走过几个正在烤火的农奴，根据屠格涅夫描述，"这景象很奇妙：火堆周围有一个圆形的、淡红色的光圈在颤动着，仿佛被黑暗阻住而停滞在那里的样子；在迫近过来的黑暗中突然现出一个有弯曲的白鼻梁的枣红色马头，或是一个纯白的马头，迅速地嚼着长长的草，注意地、迟钝地向我们看看，接着又低下头去，立刻不见了。只听见它继续咀嚼和打响鼻的声音。从光明的地方，难于看出黑暗中的情状，所以附近的一切都好像遮着一重几近于黑色的帷幕；但是在远处靠近天际的地方，可以隐约地看见丘陵和树林的长长的影子。黑暗而纯洁的天空显示出无限神秘的壮丽，使人胸中感到一种愉快的紧缩。"

  书近结尾，托尔斯泰径直朝他钟爱的双杠走去，玩起体操，这时，卡夫卡从上衣口袋掏出卷尺，测量双杠之间土地的距离，他那么全神贯注，以致不知道托尔斯泰已经假扮成一只甲虫离开，去农场参加浓汤舞会。

纸本墨笔

临王维山水。临荆浩山水。临范宽山水。临李公麟山水。临大小米山水。临刘松年山水。临马远山水。临吴镇山水。临黄公望山水。临倪云林山水。临曹知白山水。临董其昌山水。临沈周山水。临萧云从山水。临邹之麟山水。临恽向山水。

……临山水。

这几天在看黄宾虹勾古画稿，黄宾虹说："观古名画，必钩其丘壑轮廓，至于设色皴法，不甚留意。有索观者，强而出之，见者辄避去不复谈，而鄙人不自暇逸也。"这段话，让我大致知道黄宾虹勾古方法和时人意见。

黄宾虹勾古，也就是临古，只不过与绝大多数学习者不同。

这些勾古画稿很多作于1925至1948年间，这二十多年中的后十年，黄宾虹在故宫鉴定藏画，因战争滞留北平。

北平下雪时候，胡同里烟雾密布像床棉被，能把雪窝在半空，行人从空旷处走进胡同，都会下意识低低头，倒不是雪落脖颈，是怕钻入被窝。姐姐出门，妹妹在被窝里，她们共有一条棉裤。

黄宾虹在北平那些年，也很窘迫，有位德州商人，敬重读书人，经常给他送米。

这几天在看黄宾虹勾古画稿，有种由衷预约愉悦，似乎阅读之前就遇洁白之茧，彩蝶的阴影裱作锦匣，所以两个人还能说到一块儿，已很难得。

黄宾虹是有趣的，也是乏味的。

请不要误解我这句话，我也说不清我这句话，苦思半天，头都疼了，于是整理书桌。

下午。

整理书桌，也是浏览：从信中可以感觉到您心情极佳。这一好心情的力量如此之大，就连不可言喻的乖戾天气也不会使您败兴。我无意破坏您的好心情，只是想让您略为羡慕一下我们所在的萨尔茨堡的迷人风情。要说这个地方的弊病，显而易见：无休无止的暴风雨，还有为躲雨拥进咖啡屋和小餐馆的一群群游人，跟跟跄跄的人流和令人心烦的大雨令它显得纷乱无序。尽管如此，它却不乏种种令人赞美之处：那种感受简直无法言传。遗憾的是，演出的幕间休息却被一个来自新学院的年轻人给破坏了。此人曾经以司空见惯的方式致人死亡，即在一年一度的校庆舞会结束后开车撞死了人，这次显然是得到特批来到萨尔茨堡。一见面，他就高声大嗓地向我介绍自己，以我和他来自同一所大学为幌子套近乎，还抓住机会把他的姐妹们一一介绍给我，那群女人一个比一个乏味，一个比一个丑，一个比一个更难以诉诸笔墨。除此之外，我十分享受自己的安逸生活（的确非常安逸）。我天天睡到将近九点半，只有一个早晨例外，那是因为我们学院的沃森来访，他与一位慕尼黑女男爵一起生活。

四月北方，我从南方回到这里，出门将近两年，书桌上有一堆两年前读过的书和读着的书、读完的书和没有读完的书，不很清楚了，有几本，《贝克特全集 02 短篇集》，我在旅途买了一本，一点也没想起早已购置，甚至在家中读了几十页（在第 75 页，有张纸片，顺手夹的那种，是张红色早餐券；不，我是一个人，一个人我是，是我要离开，这一次是我。我知道我要怎么做，她会对我说，过来，我的耶稣，是时候该回去了。）《伯林书信集（卷一），飞扬年华：1928—1946》也是其中一本，不料和黄宾虹勾古画稿的年限多有重合，于是在我看黄宾虹临倪云林山水画稿之际，突然浮现咖啡屋和小餐馆，当然不在萨尔茨堡，是太湖畔的咖啡屋和小餐馆。有家咖啡馆名字好奇怪，"科学家咖啡"，空无一人，疑似老板胖乎乎半躺椅子上，化学家啊，啊啊！物理学家啊，啊啊！

离开湖畔，小巷虽然风尘仆仆样子，但小巷深处有好海鲜吃。江南人确实有种由衷风雅，主人让我把生蚝壳带回家，他说可种菖蒲。风雅是很日常的，一旦高出日常，鸡汤溢入醋坛，就变味了。当我意识到不知有多少人都是这样草率地陷入同样的境地，我也不再为此费神了。

我也不再为慕尼黑女男爵费神了。她的锁骨处有道伤疤，她说：高贵的伤疤。

一桥伤疤彩虹在沼泽地显现，蕨类植物逆时针转动。风在年尾的腋窝，烫金，旋涡。

是不是有思想的人在寒冷地带能够更好发展他的思想？不，不一定。吃火鸡与吃水芹，食品的不同会激发旋涡吗？元老院递给苏格拉底一杯水芹汁的时候，觉得可以灭火。当然并不是所有水芹都含剧毒人品，剧毒的水芹种类很少，不像蘑菇。下到山中小溪，激流冲击脚踝，采着野水芹的我想到要去山下代销点买几块香干，来炒野水芹，吃是我生活里大部分思想，于是抽象不了，以致轮廓无法消失。

轮廓无法消失的思想是煮熟的种子，不能发芽。发芽：跳脱的根源，最后连根拔起，而无本之木无源之水却具强硬特性，它要为自身建立存在的安全保障。思想给行走通衢大道的人们横穿之际提供安全岛，有思想，才有安全。

思想：护佑我们安全的精神。

思想：安全的精神。

并无邪恶思想，因为邪恶不是思想。思想不但利己，更为利他，所以思想即善。

问题：苏格拉底在苏格拉底时期，苏格拉底有火鸡吃吗？苏格拉底有土豆吃吗？橄榄肯定有的。

肯定，孔子没有吃过火鸡和土豆。

一种说法：橄榄在中国是舶来品，一艘大帆船满载橄榄，最先于泉州靠岸。另一种说法：橄榄原产中国南方。一种说法显得浪漫主义，起码显得有个浪漫图像（一艘满载橄榄的大帆船缓缓驰入泉州，码头工人运输途中打翻一桶，散落一地，休憩刺桐树上的猕猴见状跳下，纷纷哄抢，塞满一嘴巴，以前从未见识过橄榄，开了洋荤——开了洋素吧）。另一种说法则为现实主义，村子里一棵橄榄树，任它零落，无人关心，核太大，日啖橄榄三百颗，三百颗也填不饱肚子，还倒牙齿。

一艘满载橄榄的大帆船在泉州落帆，弘一法师云游于此，寺院里开着木兰。土豆,水芹,木兰,或多或少有些宗教色彩,而橄榄是哲学的。

相对来说,黄宾虹的画也是哲学的。中国传统绘画,更多是诗,诗的,分出两类:格律诗;打油诗。荆浩山水,范宽山水,李公麟山水,刘松年山水,马远山水,吴镇山水,是格律诗;曹知白山水,董其昌山水,沈周山水,萧云从山水,邹之麟山水,恽向山水,以及四王山水,也是格律诗;黄公望山水和倪云林山水,是诗的,也是哲学的。打油诗在花鸟画中比较多见,扬州八怪中的大部分画家,一直到齐白石,他们的画是打油诗。打油诗并不好写,王梵志是不是打油诗鼻祖?不是吧,《诗经》中就有打油诗了,比如《螽斯》,我水芹吃得多,看不出微言大义:

螽斯羽,诜诜兮。宜尔子孙,振振兮。
螽斯羽,薨薨兮。宜尔子孙,绳绳兮。
螽斯羽,揖揖兮。宜尔子孙,蛰蛰兮。

蝈蝈鼓翅膀,扎堆共飞翔,乖乖笼里动,你的子孙多,家族好兴旺。
蝈蝈鼓翅膀,扎堆共鸣响,乖乖笼里动,你的子孙多,家族好延长。
蝈蝈鼓翅膀,扎堆共登堂,乖乖笼里动,你的子孙多,家族好欢畅。

被我这样一白话,好像快板书了。加了句"乖乖笼里动",有年我住郊区,听到敲门,门一开,有个人满脸堆笑,打着竹板:

打竹板,竹板响,老板祝你子孙强,乖乖笼里动,和气发财家兴旺。

(那时计划生育,不能说子孙多,改为子孙强,"一字师"。)听得我一脸肃穆,文明古国,乞丐都是从《诗经》而来。

齐白石之后花鸟画,就不能说打油诗了,说它不是诗它不高兴,这样吧,打酱油诗,如何?姐姐,嫡嫡亲亲亲姐姐,小生爱煞你了,如何是好,打酱油诗!

橄榄寻常看不到,五月北方,我把槐花看作橄榄,白橄榄,黄橄榄,吴方言里有句骂人话:
"黄胖橄榄。"
至今不解其意。还有"橄榄核,两头尖"云云。
苏州有个村子,名农民而实无农民,种田是业余爱好,他们专业是雕橄榄核。魏学洢《核舟记》曰:"明有奇巧人曰王叔远,能以径寸之木,为宫室、器皿、人物,以至鸟兽、木石,罔不因势象形,各具情态。尝贻余核舟一,盖大苏泛赤壁云。"这个核,是不是橄榄核,我真不知道。魏学洢,明末嘉善人,嘉善离苏州不远,而王叔远离苏州更近,他是常熟人。高士奇有篇《记桃核念珠》,略抄备忘:"得念珠一百八枚,以山桃核为之,圆如小樱桃。一枚之中,刻罗汉三四尊,或五六尊,立者,坐而课经者,荷杖者,入定于龛中者,荫树趺坐而说法者……蒲团、竹笠、茶奁、荷策、瓶钵、经卷毕具。又有云龙风虎,狮象鸟兽,狻猊猿猱错杂其间。初视之,不甚了了。明窗净几,息心谛观,所刻罗汉,仅如一粟,梵相奇古……而神情风致,各萧散于松柏岩石,可谓艺之至矣!"高士奇说得清楚,是山核桃。但苏州那个村子里雕的,都是橄榄核。某人拿出毛坯给我看过,这橄榄皮薄肉少核大,不堪食用,天生雕刻材料,有的杏核大小,有的桃核大小,所以我又疑心《核舟记》中的核舟,就是橄榄核雕,但也只是疑心罢了。

有一颗橄榄核,状若木兰花苞,一端开叉,仿佛有四五花瓣欲放不放,羞涩腼腆,我当时买下,现在也不知道丢哪里了。

村子里一家家前店后厂,茶壶手串销量第二,说是打麻将时佩戴,"把把和"。吴方言里"和""壶"同音。而销量第一罗汉手串。

黄宾虹勾古,也就是临古,只不过与绝大多数学习者不同。不同在哪里呢?

临王维山水,临荆浩山水,临范宽山水,临李公麟山水,临大小米山水,临刘松年山水,临马远山水,临吴镇山水,临黄公望山水,临倪云林山水,临曹知白山水,临董其昌山水,临沈周山水,临萧云从山水,临邹之麟山水,临恽向山水,黄宾虹的临,临危不惧:他把一部中国传统山水画史,临成黄宾虹笔墨记,真是妙语解颐。

……临山水(在我遐想之中,黄宾虹的临是登临,是莅临,是光临,于楼头山巅,怀古钩沉),黄宾虹勾古,勾的不是古人笔墨之古,他勾下的是山川自然之兴。不同在这里吧。其实也不是黄宾虹原创,担当和尚仿古山水册子,从头到尾景象,全是担当笔墨。尤喜担当仿范宽那张,左面山顶,山顶凉亭;右面山峰,瀑布下来,担当题道:"仿范宽"。不题的话,即使多方提示,我也绝不会想到范宽。

有幸见过《溪山行旅图》,密沉沉黑压压压压来,又如明月当头一棒,画中老杜也。铁黑瀑布,印象深刻,我想这是绢本,纸本就很难这样表现,尤其生纸。

但黄宾虹和担当在观念上大为不同,黄宾虹是在古人的山水画中看到真山水,担当是在真山水中看到古人的山水画。

"临王维山水"，王维山水我没见过，见过几件以为太假，也就没记住。（为什么？为什么唐代两位诗艺高超的诗人：王维，杜甫，名声都不如李白？李白诗艺在王维杜甫面前，略输一筹。或许活得太压抑，弄个狂人大家瞎玩。吾乡吾土未必有狂人，李白在我看来，更多是被侮辱与被损害者的形象，侮辱了你，损害了你，又说你狂，无法申冤。吾乡吾土未必有狂人，鲁迅《狂人日记》，是《被侮辱与被损害者日记》，今天晚上，很好的月光。我不见他，已是三十多年；今天见了，精神分外爽快。才知道以前的三十多年，全是发昏；然而须十分小心。不然，那赵家的狗，何以看我两眼呢？我怕得有理。三十多年未读鲁迅，我有迷魂招不得，雄鸡一声天下白，那夏家的雄鸡，何以叫一声就不叫呢？）

在黄宾虹纸本墨笔里，有很好的月光，我大哥引了一个老头子，慢慢走来；他满眼凶光，怕我看出，只是低头向着地，从眼镜横边暗暗看我。大哥说，"今天你仿佛很好。"我说，"是的。"大哥说，"今天请何先生来，给你诊一诊。"我说，"可以！"其实我岂不知道这老头子是刽子手扮的！黄宾虹处境亦复如是。

黄宾虹当时知音，傅雷一人。傅雷审美，浊世无双。审美与清与浊之世略有关系，关键全在个人修为。

纸本，墨笔；绢本，墨笔。绢本总有点老气横秋，绢本北平，纸本北京，按下不表，或者花开两朵，各表一枝。

黄宾虹是有趣的，也是乏味的。

黄宾虹的乏味成就黄宾虹的有趣，大师首先是乏味的，以后是有趣的；大师生前是乏味的，死后是有趣的。也是一说，不必较真。

回到北方，杏树结果，一枚一枚杏子，有的杏子一枚一枚赤条条贴在直条条枝条上，我想起青杶。

（有一年，公社组织社员喝杶果汤，一只杶果加一百斤河水，煎熬一晚，早晨家家派出代表去请，家家分到一碗。女民兵连连长受到青睐，一碗杶果汤里漂着一块杶果核，像弹片。她把杶果核做成护身符，挂在胸口。开山，造田，炸药，碎石，她告诉大家，由于杶果核，"轰"一声巨响，耳聋过后，她的乳房保住了，看来确实是能够护身的护身符。）

他说。摸着她萧条乳房，他听她讲抓特务，女民兵们把从上海来的农技员当作台湾特务捆绑进谷仓，撸起袖子，他的胳膊真白。

黄昏。

我常想在纷扰中寻出一点闲静来，然而委实不容易。目前是这么离奇，心里是这么芜杂。一个人做到只剩了回忆的时候，生涯大概总要算是无聊了罢，但有时竟会连回忆也没有，那就杂记。黄宾虹以勾古为杂记，那天，他从故宫出来，下雪了，一只野兔在他前面赶路，地上出现笔墨，而狐狸沿墙走走停停，而骆驼毫不在意。

见　面

　　他们彼此见面，彼此不认识，但知道怎么回事，就像到了上海，而拿的是南京地图。

　　见面多少有些抽象意味，不认识倒很具象，一种矩形的具象，不认识的云雾在四边之内禽动，跨不出步伐，相互拥挤，越是拥挤的地方越是冷淡。本质上讲，如果有本质的话，其实并没有本质，但古老的术语总是不时散发魅力，见面的风险在于既然时过境迁却还企图挽留——对一段旧日的打磨，只有植入不认识的矩形具象中，见面的抽象意味才会赦免陆上行舟的浪漫与癫狂。

　　他的确浪漫与癫狂，他的确是从徐家汇而来，雇了只渔船，渔夫觉得船钱不多，就摇一阵船，歇下来打一阵鱼，最后河水湍急，水边不生芦苇。于是到达古镇。我不知道他会不会经过外白渡桥，一百二十年前，有外白渡桥吗？"外白渡桥"这个名字，像是给漂洋过海来看你的传教士事先提供的暗号—暗语—宿命，和事后证明他们带来的钟表走走停停，迟到之际早退，严冬塞窄、稀疏的褐色灌木丛里野兔皮突破形象的困惑，也只能接受毛坯。在这里，事物皆为毛坯，但轮廓清晰，不能交换。我们不能在桥上交换方向，轮廓有一天会清晰得无名无姓。

芦苇两端皆白，青青芦苇，它的花是白的，它的根是白的，芦根脆嫩如藕尖，这也只是观感，或说想当然，我没有生吃过芦根，芦根熬成汤，汤色甜白，汤味清苦，小孩喝了不生痱子。夏天了，黄毛丫头不听话，不喝芦根汤，痱子生得像块定做的芝麻大饼，芝麻在明黄饼面撒了一层又一层，接过来时候，节操碎了一地，大丈夫宁为玉碎，不为瓦全，插段《顾客日录》：

那天我与朋友在未庄游玩，走过一家店，有位老先生正在锁店门，穿着整洁，样式是二十世纪七八十年代的样式，我看一眼店招，高悬二楼窗栏之处，褐底金字："瓦全之店"。朋友说："嗨呢，不知道卖什么的。"

也没有向正在锁店门的老先生打听，我们走了过去，江南古镇上的原住民，大抵有些神情简慢，这也是对的，他们祖上出过状元的也有，出过大商人的也有，理所当然瞧大不上也有些神情简慢的城里人。镇上人嘴里的"城里人"，意思是指那些以前住在四四方方城墙里的人，因为镇无城墙，十方漏空；而乡下人又是另一种称呼，他们把镇上人城里人一概称呼为"街上人"，乡下无街，没有买卖，水田旱田，阡陌牵连，青蛙听到脚步，跳入暗处，癞蛤蟆蹲在一块顽石前叉腰鼓动，它知道没人喜欢它。当然癞蛤蟆也有失算时候，有人抓住它，做了偏方里的治疗皮肤过敏之药。我不吃青蛙，倒不是怕瘦，剥掉皮的青蛙，真像裸体画中的她们从蚌壳现身，闪耀珍珠的颜色。我吃过癞蛤蟆，药性不错，味道早已忘记。常言道癞蛤蟆想吃天鹅肉，天鹅想不想吃癞蛤蟆肉呢？天鹅也想的，只是不愿告诉外人。

一百年前，古镇上回来了一位四十开外的酱园店小开，昔日能开酱园店的，祖上定有达官贵人，因为酱园店卖盐，这需要特批，有时甚至皇帝恩准，以示嘉奖。他回到镇上办起小学，这小学有两间平房，现在属于镇政府资产。他自任校长和国文老师、算术老师、自然老师、图画老师、手工老师、体育老师，大家都知道他在日本留学时参加同盟会，追随孙中山，后来孙中山要大家宣誓效忠，他就返乡，不同凡响地心甘情愿地反响。镇上老人至今传说他上第一课时，拿着一把大刀走进教室，往自己脖子上一横，说老师最怕见人吵闹，你们上课吵闹，老师就把自己的头割下来送你们；你们不吵，老师教你们打拳、游泳。

他的水性已经是个神话了，与人打赌，让人绑上石头扔进盐泥河，盐泥河据说应该写作燕泥河，但乾隆皇帝下江南说成盐泥河，芸芸众生立马觉得河水微咸，更有董姓秀才汲水晒盐，得到地方官赏赐。

江南的芝麻大饼上，芝麻正在黑白混战，纯用黑芝麻视觉上不干净，尽管黑芝麻确实要比白芝麻香；纯用白芝麻干净是干净，又寒俭了，秦记大饼店的芝麻黑白配比，有个秘方，秦小头的曾祖父根据一首琴曲改变成大饼（上芝麻的黑白组织结构）。据说他是严天池徒弟的徒弟的徒弟的姘头。"彼此"这个词在"他们彼此见面"时不觉多余，"姘头"在这里终究是顶罕见的貂皮帽子，得到地方官捉拿。其实秦小头的头并不小，只是因为他父亲被人叫作秦大头。幸亏他祖父没有被人叫作秦大头，要不在烘炉前站着的就是秦小小个头啊！

他吃了块咸大饼，他的大饼是专制的，不要芝麻，他要秦小头在大饼出炉之际打两只鸡蛋铺在大饼正面。大饼有正面与反面。我喜欢吃大饼的反面，由于烘时它贴着炉壁，有股湿润的焦香。至于他让人绑上石头扔进盐泥河,始终没人肯和他打这个赌,盐泥河河水湍急,不生芦苇。所以也就没什么恩怨。

咸大饼圆盘形,甜大饼长条形,或者甜大饼圆盘形,咸大饼长条形,我终于记不清楚了,咸甜形状不同,在二十年前像是写进大饼宪法似的,不能妄改。近二十年,长条形大饼销声匿迹,不论咸甜,一律做成圆盘形,买得不巧,正巧遇到卖大饼爷叔犯困,你要吃甜的,他偏偏给你咸的,咬一口味道不对,却又不好意思退换,咕哝一句"你弄错了",卖大饼爷叔朝你望望,不会内疚,又自顾自去和面团了。近来也有人要退换的,那天我走过定慧寺巷,一个人嗓门较高,说道:"你想谋财害命啊,我糖尿病。"卖大饼爷叔接过咬了一口的甜大饼,面无表情换只咸大饼。那个人犹犹豫豫接过去,咕哝一句"这次肯定不会是甜的吧",卖大饼爷叔面无表情,把面团摔了三次,"啪啪啪"。

"啪啪啪",童年的我们伸出大拇指与食指,食指一勾,嘴里发出"啪啪啪"三响,表示开枪,枪毙人。

镇上起得最早的是做豆腐的,第二名就是做大饼的。落雪天,大饼店的屋顶上浮着一团热气,覆盖麦秧青涩的绿膜,幻觉的富庶之地。

《顾客日录》:镇上三大姓:董,秦,易。易是祖传中医。中午在停车场附近的笑园吃饭,吃到韭菜炒鸡蛋,易家后人说起他小时候吃韭菜,从没吃过新鲜韭菜,他爷爷吃刚割下的韭菜,小孩子吃的韭菜,都是放上两三天的。他爷爷说小官不能吃新鲜韭菜,阳气会窜,容易闯祸。

"小官",小孩子的地方性称呼。

春天了,小官在河边摸螺蛳,螺蛳没摸到,摸到碎玻璃,划破手指,河面上有条粉红的小路,虾兵蟹将将会在复活节显圣。而此刻,粉红的小路尽头,螺蛳有两种:青壳螺蛳,白壳螺蛳。

易家后人说，细辨有四种：青壳螺蛳，白壳螺蛳，黄壳螺蛳，黑壳螺蛳。他爷爷认为黑壳螺蛳不能食用，黑壳螺蛳是螺蛳精，黑壳螺蛳屁股绿的，是母螺蛳精，清明节后，会变蛤蜊。公螺蛳精不会变，清明节后，找不到性伙伴，就抱团自毙。怎么个自毙，易家后人语焉不详。我还是收获颇多，知道了他爷爷的腌香椿法。

酒过三巡，在这点上达成共识：青壳螺蛳尤为美味。而对林则徐的看法，则徐疾不一。镇供销社林姓主任外来户，据说他是林则徐后人，有家谱的。易家后人在编镇志，"名人太多了，董家有个祖宗亡人，死在秦淮河，妓女给他买棺材。"

"什么时候的事？"

"太平天国过后，南京萧条，曾国藩为繁荣市面，鼓励卖淫嫖娼，文人墨客，贩夫走卒，积极响应，争先恐后，一下就歌舞升平了，复原盛世景象。"

突然想起我的一个朋友嗜螺蛳粉，吃得嘴唇都变形了，仿佛一直噘着嘴吹气球。他的嘴唇有肥臀之意。

三十年前我听说修仙的人不吃螺蛳与韭菜。

养生境界不高。修仙的人修的并不是长命百岁，而是寿终正寝，所以真正的修仙就是修死，常人很难理解。

螺蛳韭菜我都吃，螺蛳吃得少些，吃起来嫌麻烦。一盆炒螺蛳，很见厨师功底，端上桌的螺蛳要一吸即出，不能安于现状，止步不前，徒增凶年之食客的焦虑。

突然想起李金发，他有本诗集《食客与凶年》，1927年出版，也快有一百年了。

镇上也出过新诗人，投稿给《现代》，施蛰存大为赞赏，刊登他的诗，他后来逃难到桂林，写政论谋生，后来再逃难到南洋，郁达夫请他吃过饭，后来不知所终。

现在能了解到的就是他的确从徐家汇来，徐家汇是他到中国的第一站，这位爱尔兰传教士，雇了只渔船，第二次再来，带着家眷，走了陆路。

一百二十年前，他把一座荒废寺院改造为天主教教堂。

一百年前，他的女儿被湖匪绑架，送回来已经怀孕。

九十九年前，镇上有了镇上人从没见过的混血儿，他妈妈留下他独自回国，也有人说去了美洲，他在他外祖父身边长大，上帝天天在他们家吃饭，但他没有成为神父，在他外祖父死后，他在河对岸开了家照相馆，绿树成荫，生意清淡，他也经常不在店里。

明朝："大明宁圣慈肃皇太后烈纳敕谕耶稣会大尊总师神父：予处宫中，远闻天主之教，倾心既久。"

清朝：马神父事件，又称"西林教案"，咸丰三年，1853年，法国天主教神父马赖进入广西西林县传教，根据《黄埔条约》，他的确违法在先。咸丰六年，1856年，西林知县张鸣凤根据村民控呈，那时的广西人由于太平天国，一听到"上帝"，就心惊胆战，张鸣凤将马赖及众多教徒逮捕，用刑后，马赖被罚关站笼，不料站死。张鸣凤受舆情绑架，把死了的马赖枭首，罪名是子虚乌有的通奸罪。咸丰七年，1857年，法国联合英国出兵中国。

"西林教案"在中国近代化进程中让中华文化与西方文明戏剧性地对立起来，获益者居然既不是中国文化，也不是西方文明，而是凶险沙俄。

……就像到了上海，而拿的是南京地图。在近现代，我们经常拿错地图。苏州状元洪宣可以说是大清职业外交官，兴致勃勃地以为拿到俄国地图,不知道这是俄国特意给他提供的划走中国许多土地的假地图。总体说来,晚清开始进入中国历史上最愚蠢时期,没有尽头,而大家还那么兴致勃勃。

爱尔兰神父的女儿被湖匪绑架,湖匪,本地人称呼"太湖强盗",直到一九四九年后才被肃清。

太湖强盗无法无天,但也有行规,不抢戏班子。

但抢和尚。

一百二十年前,爱尔兰传教士把镇上一座荒废寺院改造为天主教教堂,荒废的缘故就是有一支太湖强盗把这座寺院里大大小小和尚全部抢到他们盘踞的岛上,太湖强盗在岛上造了寺院,他们信佛,因为他们的母亲信佛。太湖强盗对太湖流域信天主教的人们十分鄙夷,绑票赎金加倍,而对信佛的人质赎金减半,实在拿不出赎金,就给他剃个光头,逼他出家。

《顾客日录》:十年前,我曾在镇上古玩店见到几张老照片,有一张外国女人,年轻,貌,算不上美,算不上美吧,身穿繁复的裙子,褶皱粼粼,似乎激浪鱼聚集腹部,她坐在树下,漠视前方,这是一棵梨树,正挂果,梨句号点断枝间隐隐约约的十字架。

好像一下有了色彩:梨是青绿,十字架是乳白,人脸黯淡之黑。

古玩店还有一只海鸥牌老相机出售,我让他拿给我看看,他又给我看了他收在抽屉里的合格证。

机号:DF-1963317
镜头号:SB-2023326
出厂日期:1976年9月

二十世纪七十年代的苏州，街上有个人挎着海鸥牌照相机行走，后面会跟着一堆好奇的小孩，他们窃窃私语，当她端起相机，他们一哄而散，形象的困惑以致有一天轮廓会清晰得无名无姓。

做　梦

　　乱梦三千,凌晨醒来。一梦见祖母,她把我的干净衣服收到一只匵中,她用我的毛巾擦了一下脸,说你换块毛巾,这做擦手布(毛巾深蓝的底,花纹白色小星星)。一梦我去汉中路上,路过崂山,绿皮火车在桥上停下,汉水浩荡,一片墨色,不是污染,本来就这颜色,倒影红色黄色的雁门关,上来两个人,一个头发茂盛,一个戴帽子(我在拍汉水,拍了十几张照)。一梦有个人让我去找"仁田",仁田,仁田,他叫着,说你要找到他,他是金农转世投胎。一梦又是祖母,她对我说,春天有瘟疫,你出门戴口罩,再在肚脐眼上贴块姜(2019年1月11日)。

　　梦见董其昌,他说一口苏州话,音色像周云瑞。我只记住两句:"笔法就是那秘法,一斤提来三两按。"梦中我没明白,现在有点懂其唱,他说这话时候,凭空手上有了把弦子。此梦可冠名《弹词》,又记(2019年1月12日)。

梦见自己正记笔记：写作是马前泼水，晚年不准修改一个字。他打来电话，说他可以把韩愈改成白居易，也可以把杜牧改成他。我问他名字，他说他叫李烧鸡（2019年1月14日）。

回笼觉。梦见我学会开脱粒机，两臂震得酸疼（2019年1月14日）。

上半段错综复杂，无法记录。空中玫瑰味道，细嗅则丹桂，和衣而卧，不知何处，起身离开，去一个地方，像洞窟，觉得可以脱衣服好好睡觉了，发现对面有只电扇呼呼吹风，壁上也有一只电扇呼呼吹风。对面那只被我一下关掉，壁上那只关了半天，还不时按错开关，顶灯忽明忽暗。终于弄妥当，要脱衣服，忽然一个女声外面传来，甜蜜而温柔："你来了啊。"我被惊醒，细看洞窟原是墓穴。后来又睡着了，看到拓片，很奇怪，两个字两个字一组，有点像赵宧光草篆笔法，上字结体头肥尾瘠（记得梦里我还笑着说，哈哈，原来倪元璐出处在此），下字嵌入上字尾部，形迹虚淡，几乎看不见。拓片一行九字，其实是十八个字，顺着读下来，九字是一个意思，十八字是另一个意思，意思完全拧着的，相反的，共有九行。八十一字是一个版本，一百六十二字是一个版本。拓片边沿，朱砂小楷：《八十一字版尚书》和《一百六十二字版尚书》。吓我一跳，署名鲁迅（2019年1月15日）。

前几日梦见做爱。她的脸藏进隧道，身体在隧道外面的钢轨上。我说："看看你的脸呢。"她说不给看不给看，都是蝴蝶斑。我开始在星光底下找妊娠纹，拍着她屁股，连说："好看，好看，这才是真正的屋漏痕，快请怀素老和尚来看！"（2019年1月15日）。

午睡起来，想起刚才的梦，策兰是一条鱼（2019年1月15日）。

我大概已经淹死。先是院子，正中一个大池塘，我游泳，阳光照到池水，水中沉浮金屑，不是光影，是真金屑。游一会儿，没发现鱼虾，就是螺蛳与水草也没有。我突然想起这就是水墓啊！历代吴王用水墓下葬，这个传统夫差终止。水墓里的水剧毒，要马上清洗。一念我就到了护城河，我在护城河潜泳，换气之际发现头抬不起，被压着——我不小心钻到木排底下了……一道又一道（笔直的）白光……护城河里（沿岸）有许多木排，是本地火柴厂做火柴用的（2019年1月16日）。

校园在一张灰色沙发后面。沙发上坐三人，灰色连衣裙，她们唱：

> 水牛啊，小小的心，
> 是它春天的脸，
> 了解草丛中的凶杀案。

灰色连衣裙里没有胸罩，没有内裤，没有人在意。
没有"胸罩"，没有"凶兆"。
另外，这首歌就这三句，她们唱唱停停停停唱唱（2019年1月16日）。

梦见我在制订学习计划：
具象作品一律不看。
醒来心想这有点粗暴。但我的具象终究没法说，也就是说不能"公平对待"。这个引号重要,引出"讨论"的某些性质。

洗脸的时候我想:李白是具象的,杜甫非具象。罗斯科是具象的,维美尔非具象。契诃夫非具象,巴塞尔姆具象。维特根斯坦是具象的,赫拉克利特非具象。

赫拉克利特根斯坦因,具象非具象,太棒了(2019年1月18日)!

我清晰地看到我在一张复印贺卡上写字:

怅望扬子江头水,二十三年古稀春。

贺卡纸质油性,不受墨,字迹聚散。
"二十三年",什么意思?
……如果放大虚岁,加上"二十三年",正好人生七十。
是说我还有二十三年可活?七十岁在当代不算高寿,但"二十三年"让多少有点厌世的我觉得来日方长。
"古稀春"又蹊跷得很,难道真像算命的说我:"他是老少年。"
突然惊吓,刘禹锡有这两句诗吧:

巴山楚水凄凉地,二十三年弃置身。

未来不妙,"二十三年"人物凋零,文化流放。
是这意思吗?继续睡觉(2019年1月20日)。

吴文英拿他新写的词给我看,"春草梦中绿过"。我改一字:"春草暗中绿过"。吴文英不高兴。我有点恶作剧,存心让他不痛快,又改一字:"青草暗中绿过"。吴文英高兴了,痛快而去,哈哈,哈哈,哈哈

（2019年1月21日）。

二楼窗口采摘到杏子，水头足，清脆，味在青梅与萝卜之间。有人送派克笔，我画了几个圈，觉得可以写散文：

博学的成都人以前出手宽绰的花椒和辣椒，近来出言谨慎。

才起头就醒，去书房煮茶，心想还是要再困一歇（2019年1月22日）。

我用药罐炖小鱼，怎么是药罐呢，肯定是药罐，药罐线条收拢，好聚药气。小鱼四条，四条小鱼像盖着被子，什么作料我也没加，就倒一点墨汁，这个梦很长，做梦时候，我在梦中都嫌它长，不耐烦，后来，我被请去开会，发我两个女秘书。

有条小巷，一边开店，一边靠河，常常有人掉河里，没人救，都说河里淹死的人越多，岸上走过的人赚钱越多，以致有被推下去的，年过七十，未满十八，走这条小巷很危险。这事传出去名声不好，上面也知道了，雷霆震怒，于是市里就开会，我被临时提拔成专家，我说安装栏杆，书记说不行，文件明确规定五厘米之内不能安装栏杆。

我说我有主意，这条河已经没有日用功能，洗菜，洗衣服，刷马桶，已经没有这些日月功能了，河面也不宽，我们可以在上面铺板，做条跳路，空心跳路，健身兼带素质教育，各种颜色错综复杂，市民到这条路上，不能走，要跳，跳来跳去，跳上一种颜色，颜色就会响，如果跳着把一种颜色连起来，就是一首歌。我们委托曲艺团建个大音乐库，什么都有，弹词开篇，紫竹调，婚礼进行曲，哀乐。书记说，你停，你停停，万一不巧老是跳到哀乐，不好吧。

让我再拿一个方案。我说河里两头拦网，漂满救生圈，用荧光做的，闪闪发光，夜生活多浪漫。书记说，荧光救生圈，这要花多少钱啊，市民素质又差，会偷，就这样，不讨论，你刚才说过了，这条河已经没有日用功能，我定了，把河填掉。

我骂蠢货，冷场，我也有点尴尬，突然掌声雷动。书记恼羞成怒打电话喊人，我说我怕你啊，我也打电话喊人：

"阿三，带上古巴刀！"

这个梦越做越长，没完没了，我画了成千上万朵梅花，每朵梅花都画九个瓣。老师叫我去办公室谈话，她说："宝剑锋从磨砺出，梅花香自苦寒来。你画九个瓣，礼拜一，礼拜二，礼拜三，礼拜四，礼拜五，礼拜六，礼拜七，礼拜八，礼拜九，偷懒，老想礼拜九休息，好睡懒觉。"她忽然去了窗口，我看到她丰俭由人，希望她……梦里是有希望的，醒来忘记（2019年1月23日）。

梦见我七个月大，离开父母，自己找奶吃。看到她坐那里，我就往她怀里爬，刚爬到胸口，乳房就转移了，到她后背，我爬到她后背，又转移到她头顶，我爬到她头顶，又转移到膝盖……起先我哇哇大哭，后来我呵呵大笑，直至笑醒。原来我撞上游牧民族，在把帐篷移过来移过去。这个梦有很多段落，记住就这些（2019年1月24日）。

前世我会打鼓。梦见各种各样的鼓。有种鼓屁股形状，一打它，它就放屁。喜欢打它的人多，排起长队（2019年1月25日）。

从铺天盖地一个梦里醒来，我在密密麻麻写字，记住有这几句：头顶乱云十三朵，慌张簪花仕女图。署名脑袋开花，难熬抓髻娃娃。抽梯铁崖大脱空，不打雷，也轰轰。难道我有一世杨维桢？呵呵（2019

年1月26日）。

我在大妓院，恰逢梁山放假，好汉们集体嫖娼，角角落落刀枪剑戟。卧榻一侧，郎世宁在屏风上密写喜神，上报中央。我喊他"郎世宁"，他竖起中指，"嘘，记住，我对外是利玛窦。""利玛窦，天津卫的利玛窦？"我还是喊他"郎世宁"，他也没有不高兴。他在李逵邋遢胡须里，注了一行小字："昆仑奴"。细看才能看见。张顺和刘唐，他们的注是"红毛国人"。郎世宁说："你们汉人是最不会游戏的民族。"我说："你玩的都是满人，不了解汉人。"郎世宁说："满人比你们汉人强多了，他们有衰落的力量。你们汉人衰落过吗？没有！没有！你们汉人从没强过。"我一时恼怒，血溅屏风，许多官跑来审问我，说我是拼命三郎石秀，我说搞错了，我是独生子，我是武大郎，突然有人打了我一个耳光，说："武大郎睡也就睡了，你还想冒充武大郎睡！"后来皆大欢喜，原来我在大妓院参加婚礼，一片大红（2019年1月31日）。

一个女人拿给我一串葡萄，白色的，每颗葡萄米粒大小。
一串葡萄长长的，圆柱形的，像只抱枕，说是新加坡特产（2019年2月1日）。

凌晨一梦，十分异怪，醒来有副现成对子，不知我撰还是他作：

  海客猪龙称老婆，诗人牛马觅肥名。

不对吧，"现成品"，不管吧（2019年2月4日）。

梦见读诗，《鳗鱼进攻》，九章，每章三十六行。有些章节具有仪式感，恐惧（2019年2月13日）。

印度人放火，烧了车站厕所。抓住三个，一查护照，假的。审了他们，他们招供，他们是阴道人，常常在中国冒充印度人。

这个梦稀奇古怪，难以描述。

梦结束的地方，我在高铁上，邻座是位知识分子，"㑊只扛卵啥快乐，买块豆腐当屎戳。"他在读《杀猪弄竹枝词》（2019年2月15日）。

我在院子里请一位外国工程师吃饭，他不吃肉，要吃泡菜。我去泡菜坛取泡菜，夹出两盘绿油油蚊香，我妈泡的，说是可以让胡萝卜脆嫩。

吃饭前，好像还喝了几杯，外国工程师老是抱怨他太太在葡萄架下抽烟（2019年2月16日）。

梦见。看电影。迟到了。没黑。到了位置上。刚坐下。来。电源。大放光明。哦。似乎又开启了。肯定。不是。今年17。我喜欢的导演。疙瘩。中年时期。安子路普罗斯。好啊！就不看电影。记得最后看一本电影。伊朗导演。现在。过年的，我。似乎。喜欢。不能爱了。一共。可不得克。多一点。他客户夫妻的电影。婶婶。我最近。覆盖着。女生相处。死掉的。或许是作品。都比较省。婶婶。当然，除外。如果他们。相反的方向。不是在地球。不是朝向地球。不管多费劲。的电影。复杂的电影。多多少少。都有一种的基因。我喜欢的文学艺术作品。他。具体。或者说。没事。是的，人类。自从米四。爱和献身。更为热忱。话说回来。我似乎。有事。不费脑筋。多多的。爱好者。思想。你去的妓院。只要付。总能得到。哦。什么时候？我又会读。侦探小说吗？快乐（2019年2月23日）。

李贺要我陪他玩"接龙",他吟道:"李凭中国弹箜篌。"我接了句:"山水忽发两声响。"李贺说奇是奇,但不通。我说你不懂,我用了典故,前几年昆山一声响,前几天响水一声响,昆山响水,简称山水,我这一句啊,不但用典,把你下一句都檃栝了:"昆山玉碎凤凰叫。"最近我梦见的古人,时间段都在唐朝。刘叉告诉我他是专诸投胎,偷了韩愈的金子,溺水而亡。他说他投胎辛弃疾,我说你宋朝的事都知道,梦就醒了(2019年3月25日)。

腊梅海棠车前子鸡冠花凤仙一串红

  前人吟咏腊梅的诗句,只在北宋时候出现,有人疑心它是舶来品。后来在神农架发现大面积野生腊梅,证实中国是原产地。腊梅即使现在的日本朝鲜也不多见,欧美国家的人基本不知道腊梅是怎么一回事。唐朝诗人没吟咏腊梅,不一定没见过腊梅,或许觉得无趣。腊梅的确无趣,虽说馨香扑鼻,就像一个人满肚子学问,面目不讨喜,我只得敬而远之。花的美也美在性情上,梅花就比腊梅见性情。但不知为什么,唐朝诗人吟咏梅花好像也不多,李白"江城五月落梅花"是名句了,而这"梅花"不是真梅花,汉时横吹曲《梅花落》的"梅花"是也。一个时期的诗人会对一些花趋之若鹜,对另一些花视而不见,看来花的美是美在人的见识上。我至今不喜欢腊梅,只是有一次在某个庭院里见到,又以为它实在是好的。花不外色香,海棠是色,腊梅是香,所以嗡鼻头观海棠没有遗憾,瞎子徘徊在腊梅树下会有更多的快感。

  腊梅的"腊",这样写,是错别字,但已约定俗成。正确写法:"蜡梅"。都网络的方便时代了——怎么方便怎么来,就是写成"辣妹"或"拉美",干卿底事!

  海棠品种很多,或者说叫海棠名字的植物很多,就像我叫"车前子",外地朋友奇怪,说这名字奇怪,其实在苏州就很平常,跑到随便哪条小巷口一喊"车前子",准保有人答应。这名字与北方乡村里的"狗蛋""臭花"差不多。我知道的海棠名字就有瓜子海棠(学名大概叫四季秋海棠),灯笼海棠,十字海棠,银星海棠,竹节海棠,贴梗海棠,西府海棠。有的是草本,有的是木本,有的属于秋海棠科,有的属于柳叶菜科,有的属于蔷薇科。分得再细一点的话,比如贴梗海棠是蔷薇科木瓜属,西府海棠是蔷薇科苹果属。在苏州,我没见过大的海棠树。海棠花开的日子,树下打盹,想想惬意。

  我忘了是不是在拙政园,无意撞上白海棠开花,内心的喜悦无法形容。白海棠花瓣洇着一层微红,像是调了粉的胭脂在熟宣上染出来的,那格调,宛如一幅院体画。

  银星海棠,竹节海棠,应该是两个品种。银星海棠的叶子面上有斑斑白点,故名银星海棠;竹节海棠的茎干像是竹节,故名竹节海棠。后来大概杂交成功,海棠的叶面上有银星,茎干也为竹节。苏州的养花人对这种海棠喊无定法,一会儿喊它银星海棠,一会儿喊它竹节海棠。这种海棠很入画。前几年,老画师张继馨先生给我父亲画了一幅,竟勾起我父亲种植它的心思。父亲的爱好在盆景,基本不涉及花卉。我的第一份工作与盆景有关,但我一点也不喜欢盆景——觉得戴着镣铐跳舞。我的生活态度是要么戴着镣铐,要么跳舞。我喜欢花卉。父亲试种一回银星海棠,也就是竹节海棠,他说:

  "不好种。"

  这种海棠死的时候很有意思,茎干会从上到下一节一节脱落。更有意思的是,茎干与茎干脱落后的截面光滑如蛋壳,怀疑它们不是一节一节长出来，而是一节一节叠上去的。

我在留园"鸳鸯厅"里见过一盆银星海棠，是用来点缀"屋肚肠"的，不料"屋肚肠"反倒成为陪衬。过去的人，把桌子啊椅子啊，叫作"屋肚肠"。

在苏州，老城区的公共天井里、家门口，种的多为鸡冠花、凤仙花和一串红。它们好养，也不怕人采，即使半个月忘记浇水，还死不了。在这里合适。

雪竹图

"快雪时晴,佳想安善",这样的美妙之处,在他那里,总有哀触。王羲之《快雪时晴帖》里的"雪",寄迹三尺,一脚踏下,生老病死,湮灭小腿。

在《苕溪诗卷》中,米芾写"雪",一横成点,像打击乐,笔迹的粗细变化,极其自由,小蛮腰眼睛一眨就成大肥臀,好看也好看,和王羲之的"雪"比较,就不够丰富,他只有呼气,没有吸气;和赵孟頫的"雪"比较,还是有趣。

徐渭让他的"雪"给我们跳舞,长袖甩起来,一个侧身,腰在臀那里转弯,线条情色得一塌糊涂。

那天我在陈如冬西山别墅喝茶观鱼,见匾上"听雪"两字,张充和手笔,是由小楷放大的,一点也不怯,骨骼清俊,"小生到此",像演小生的。她的姐夫顾传玠是昆剧小生行中全才,我太年轻了,没有见过。

西山这名字,比我年轻的人,也会"没有见过"。西山几年之前改名金庭,小领导怕大领导不来,"日落西山",有所忌讳。北京的西山也没有改名啊,乾隆皇帝在这个问题上不和他们一般见识。

坐在"听雪"下面,我想过冬挺好,客厅里有壁炉,可以烘山芋(北方人的烤白薯也)。或者摔几粒白果进去,或者摔几粒板栗进去,听响。

我一直想试试的事,是烤鸡蛋。不知道鸡蛋能不能烤?靠!有人读到这里,会说"靠",我是知道的,呵呵。

陈如冬的太太,陈太太,前年养了几只鸡,不忍心吃,放生,放生到养鸡场去。今年养了两只灰鹅,如雁。我老婆在露台弹《平沙落雁》,半个月出门在外,无琴可弹,一阵雨吹过来,落在地板上星星点点。这琴是我向星星借的,星星姓周,据说她女儿每天临睡前会读我一篇散文随笔,我准备收她做徒弟,不教她写作,教她笑。笑是学问,博大精深。

我要把散文与随笔打通,成为新文体——"散文随笔"。有人读到这里,会呵呵,我是知道的,呵呵呵。

坐在"听雪"下面,也可以听花,院子里的白芙蓉像万寿宫丁丁响。

真是巧了,我去年今年回苏州,借住朋友家,朋友家就在万寿宫旁。万寿宫我从没进去过,门卫严谨。万寿宫正门没进去过,万寿宫偏门有个理发店,我剃过头,也算进去过了。爱过了,恨过了,进去过了,出来过了。像是段子。

杨维桢怎么写"雪",记不起,仿佛雷声轰隆,霜色肃穆;而"竹"字拔地而起。王羲之的"竹"如慈竹,杨维桢的"竹"就是毛竹了。

毛竹是搭脚手架的料。有人说启功写字是在搭脚手架，那么，潘天寿写字是不是在编芦席？倪云林不知道自己画芦画竹，徐熙肯定知道自己在画竹。

徐熙《雪竹图》最早是在一本画册上见到，黑黑乎乎，细看粗看一个样。说实话，我有些失望，"徐熙野逸"，在我心里，大概是徐渭和八大山人的路子。在上海博物馆见到真迹，当时想法，觉得画得好，但不是我要的好。后来又见过一次。这几年，我会想起这张画，是不是徐熙所画，已不重要，这张画的野逸，野逸到骨子里了，外面看不出。

《雪竹图》，我对朋友说，要凝视，要想象后面有一束光打过来，我们在看 X 光片，看到的是骨骼。徐渭肉厚，八大山人皮薄，不一样的，《雪竹图》与很多画不一样。我不知道你是怎么看画的，我是——看一会儿，闭眼，突然睁开，再看。

去年七月，北京大学出版社安排我在苏州诚品书店做讲座，推广我的《苏州慢》，我讲到了另一幅《雪竹图》作者，翻出底稿，抄录片段：

明代苏州最好的画家不是"明四家"，是"明四家"里的一个沈周，再加陈氏父子，再加陆治。

这是我的"明四家"。

陈白阳的儿子陈栝，这字多音，一念 kuò，意思是箭末扣弦处；一念 guā，古书上指桧树（古人的名字真是难读，桧作为树，桧桂同音；作为秦桧的名，约定俗成，读如污秽的"秽"，秦桧自己都没办法）；一念 tiǎn，拨火棍。

他到底叫什么，我也不知，只有猜测。古人名的音读不准，可以通过字助阵，但陈栝字"子正"，这就困难了，因为箭也要射得正，树也要长得正。

但我有个设想，陈白阳的儿子陈——"栝"，念 tiǎn，拨火棍。这个字在陈家有继往开来的意思。

用一句话来排辈分，比如"听毛主席话，跟共产党走"，十代，总有完结时候，不吉利，于是发明五行排辈。

清代史学家钱大昕（留园有他"花步小筑"四个字）说（见《十驾斋养新录》），古人取名字用五行表示辈分的习俗，始于唐代，以后一直流通，木生火、火生土、土生金、金生水、水生木，到了木，就是末代，按照这个理论，陈白阳的儿子陈栝就是末代了。陈白阳名陈淳，字道复（他的父亲名钥——金生水；祖父名瓀，字玉汝。瓀也有两个读音：jué，qióng。可能读 qióng，美玉。jué 是日边光气，形状像裤腰带。他们家的名字都这么麻烦），三点水，水生木。到了陈栝，既结束旧的，又是新一轮开始，那就是拨火棍了，要把香火拨旺（栝的哥哥是树，树有一子名"灿"，即可做证）。

陈栝《雪竹图》，立轴，纸本，墨笔，纵 59.5 厘米，横 30 厘米，二尺左右，气象万千，北京故宫博物院藏品。太了不起了，徐渭的门道出自这里。

这才是厉害的苏州人！而不是文徵明什么的。

《雪竹图》可以讲三小时，暂且放下。

这一段刚才重读，《雪竹图》可以讲三小时吗？讲或许可讲，但没用，画，自己去看，不要先入为主，要后知后觉，像镜子那样照，放空了瞧。

我去绍兴玩，德洪家吃饭，他给我看他的七八张画，有一张是一根竹竿，中间蹲着滚圆一团（淡墨勾的一个圈）。我说什么东西？他答"雪球"。太淘气了！太绝妙了！好像也有出处，台北故宫藏有吴镇《竹谱》，他画雪竹，雪用（抖动的）线条勾出。

许多年以后，一个人用昨夜被雪折断的竹枝，在他人瓦上扫雪，冰雪夹杂竹叶破碎的葱绿，似乎决意要拌出前村小酒馆里的大盘豆腐。

真干净。

花下醉

(与李商隐同题)

屏风

醒来,一睁眼,就看到六折屏风。前几天,他请画师画完最后一折。

画师画上一只水墨大雁,雁颈弯过深秋风声,桂树的香气破开帘影,一行是诗,另一行也是诗,在楼头,在午夜,在酒醒……醒来之时。虚构抑或想象的月华饱盛长空,大雁斜飞,弯过又探来的雁颈似银质勺子,茶汤已冷?他看着,一如慢慢走着:

屏风第五折:凝霜的芦花,冽冽秋雨,一点又一点鬓边星星也。扁舟在绵绵烟波上松开束发一般,飘,在飘,飘散。灯盏里油不多了,黑暗却不稀少。江心洲上的芳草,美人不来,它也就不绿。美人来了,又过芳草时令。且罢,趁油未枯灯未尽,看洛阳纸贵,你们到底想要什么!秋雨乌篷船;寒气长安城。

屏风第四折:一枝榴花燃烧,这夜光杯里的琵琶,这旌旗紫塞烽火刺眼,而壮年的血,刺疼他的骨头。榴花在梢头熄灭,欠下债务。

屏风第三折：他指定画师在这折屏风上画下荷花，并让画师留出一段空白，以便他把新诗题上。焚香，挥毫，如去后园采得莲子入怀："世间花叶不相伦，花入金盆叶作尘。唯有绿荷红菡萏，卷舒开合任天真。此花此叶常相应，翠减红衰愁杀人。"

他醒来了。在楼头，在午夜，在酒醒……醒来之时，由于角度，他看不见第二折和第三折屏风。

蝉

他给我看蝉蜕。他在中药店工作，是我中学邻班同学，毕业前期，我们常在一起交换看书。那时，最稀罕是内部出版的苏联小说。中药店位于胥门，民国时期是个妓院，五十年代改造为干部补习学校，后来是中药店。灯罩，橡皮，古玩，我去中药店看他，总会冒出诸如此类的词。他从抽屉里摸出蝉蜕，给我看。蝉蜕就像这座砖木结构的房子，现在是中药店，以前是学校，再以前是妓院。而最后它又会是什么？最后还是一座房子，因为最初它就是一座房子。蝉是蝉蜕的内容变化，蝉蜕存在于蝉前。蝉根据蝉蜕完成蝉，然后脱身而走。

蝉鸣，头顶热气，从这株碧树，到那株碧树，千字文的蝉鸣，五言绝的蝉鸣，我听完夏蝉听秋蝉，听烦了，蝉却只见过几回。餐风饮露，几乎飘飘欲仙，只是它一鸣叫，就成终南隐士。十二三岁，我在虎丘乡下，见到一只大蝉。没有一只蝉会把头朝下攀在枝条上，大千居士曾这样别出心裁地画过，白石老人见到，说，蝉的脑袋重大，如此攀枝，会掉下来。决定价值取向的差不多是身体素质，我在河边柳杪见到一只大蝉，大如蜂窝，因为柳杪上正有一只蜂窝，在蝉"本以高难饱，徒劳恨费声"上面。人所惧怕的蜂窝，远离人，而欲归隐的蝉，我跳起就能打到它，只是怕恼怒上面的蜂窝。

从蝉蜕脱身而走的蝉，它还是蝉吗？蝉蜕最后是蝉蜕，最初也是蝉蜕。他拿出蝉蜕，给我看，就像诗人远去，我们见到诗篇。美薄如蝉翼，美不如蝉翼，而诗篇的蝉蜕，诗人根据诗篇完成诗人，然后脱身而走。诗人在蝉蜕之外，可以是诗人，也可以什么都不是，比蝉容易。蝉离开蝉蜕，被文化为隐士或者高士，我把他视作可爱的危险分子，是我恰巧见到它在蜂窝下面。我却步了。并在以后常把蝉的形象与蜂窝混在一起。十二三岁，我在虎丘乡下，见到一只大蝉。但我更多的是见到螳螂：在水稻田里，在芋头地里，在茉莉和白兰花的花房。这精致的美，近来让我想起李商隐诗歌：他的怅然若失极为锐利，就像螳螂胸前两把绿玉大刀。

玉刀杀人，想来这残忍也是精致的。

蝉根据蝉蜕完成蝉；诗人根据诗篇完成诗人，然后只要脱身而走，就都显得可疑。我去中药店看他，交换书籍，他拿出蝉蜕，给我看，惊讶于蝉蜕的完整。看完蝉蜕，我看中药店这砖木结构的房子，据说格局没什么变化。这座大房子被隔成一小间一小间，仿佛《李商隐诗选》中一层又一层的注解。看完房子，我又看蝉蜕，蝉蜕的内容丧失殆尽，蝉蜕成为蝉蜕内容。

头顶热气，蝉鸣连成一片，蝉从这株碧树到那株碧树，李商隐联想浮沉的宦途，而我只见过几回蝉，它比蟋蟀略大，拿得准的似乎就这一点。

风雨

风雨之中,听见鸡叫的人,是更惆怅了。听的时候正是清晨。清冷的早晨,刚醒来。

人生羁泊,兰叶长叹荒芜。如果在初春,溪头或许的荠菜花,若有若无的消息却是粉粉的,甚至粉红,寂寞这散淡的温暖,昨夜胭脂,暗暗在周围、在附近漫漶、吟红。如果在初春,墙头或许的杏花,仿佛秉烛夜游留下的烛斑,欢乐像麻烦一样,都是自找的,谁渡过大水,从冰中取出耿耿炭火,断了的桥头?如果在初春,桥头或许的钓者,会欣然于早晨清冷,看着激流中的乱鱼:三十六鳞如抹朱,以至高抬贵手——如妙手回春。如果在初春,山下西府海棠怒放,佛肚竹野战,绝妙好辞怀抱半开,而远山顶上,伽蓝面如傅粉去年积雪,美景是本性的。人生羁泊,如果是在初春。

风雨之中,听见鸡叫的人,是更惆怅了。如果是在初春,案头或许尚有杯盘草草的梅花。

但现在,唐朝,唐朝人爱酒,爱山水;宋代人爱茶,爱花鸟。少年唐朝,中年宋代,李老师是唐朝的中年人。但现在,初秋,黄叶才叩白头,白头人已觉秋深,想象李老师白头,"鸳鸯可羡头俱白,飞来飞去烟雨秋",他的妻子头生荒草,草成萋萋坟头的疏荒,而新知,而旧好,而听见鸡叫的时候,正是清晨,清冷的早晨刚醒来,自己的身体也像往事遥远。但现在,傍晚,朱门青楼里的管弦花部盛开,肉声绕梁,骑上熏香熏熏的楠木柱子。而此刻,李老师没得酒喝,喁喁,嘎嘎,呜呜,喙喙,呜呜,吗吗,嗝嗝,噼噼,李老师心想:"我早就断了一喝新丰美酒的念头,因为不知要喝多少才能开销胸中闷愁。"①

风雨之中,听见鸡叫的人,是更惆怅了。如果是在初春,巷里该有卖花者。

访隐者不遇成二绝

1

洵美地方,似乎都是重游。这或许说明人生如梦,往好里做的梦。干净秋水:没有墨迹的长卷,没有史实的时间。秋水弥洒,秋水空灵,秋水不深也不浅。不深的是秋,不浅的是水。"玄蝉声尽叶黄落",玄蝉玄之又玄,黄叶黄了还黄,秋,不深:有交情的地方,方是洵美,方是人间。不遇只是万种风情,存在者未归,所以存在者存在。

(古代诗人,识得多少草木鸟兽之名!玄蝉,比知了个小,夏末生,

---

① 这个心理活动有谱可寻,来自《风雨》一诗最后两行:"心断新丰酒,销愁斗几千。"注解通常把"心断"释为心望与念念不忘,两句的意思就成盼望得到新丰美酒,消尽胸中愁苦。我的注解一是发挥汉字的歧义,二是使诗意更宕开一层,不平之气既强烈又蕴藉了。补充于此,聊作别解。

秋末死：是一只具体的蝉，附近的蝉。1999年的诗人，只会写一个蝉字了。有时还会写错，成野狐禅的禅，肆无忌惮的惮。我几次从柳下经过，没写出蝉来，而古代诗人正轻盈地在蝉翼上散步。）

（吴方言中有一口头语，叫"黄落"，意为事情办得不成功、没有结果。过去我一直想不出它的书面文字，读到李商隐"玄蝉声尽叶黄落"，似乎一下看到这一口头语的身体，即使不成功，没有结果，因了"黄落"两字，多美，有份顺其自然的气息。或许，吴方言是伤秋的。）

秋水漫漫，携我同游：拜访那冬青树后的白屋。秋水干净，白屋也干净。

2

他们不认识他，因为他不认识他们。白猿屋后其鸣至清，泠泠不绝。他少年时，白猿也曾授过他剑术，他也曾酒楼的灯红里看座上美人，看风中牡丹。现在，他看什么？雀飞草间，樵者腰际的斧头，锋利，锋利得接近名利之心了。

而存在者归来。

存在者归来，日暮归来，雨归来，他早已为雨准备蓑衣。

（蓑衣，当代怀旧之物，挂在四环桥下淡黄的茶艺馆里。他约我在此碰头，他却没来。八千里路外，有人闲敲棋子，知雄守雌；两三张桌内，有人狠斗纸牌，一决雌雄。）

（一千年前不遇，一千年后，照样不遇。）

他们不认识他，我们不认识我。

唯干净的秋水，秋水干净。

日射

一只白鹦鹉出神，罐中的清水回忆着雨后混浊的河流：在东方，汲水者逆光而来。他的背景孤傲的青山，是田园里削出的莴苣，气息湿润，瘦长的青春。但他还在路上，离河流很远。罐中回忆只是门后回声。允诺的时刻尚未来临，而白鹦鹉已经出神。

出神的白鹦鹉，到了忘言程度。每一个时代都难免是吝啬的，如此它保持更新能力。如果一只忘言白鹦鹉还忘形，那么，它是一朵白牡丹呢，还是素裳沉思的少女？一团月光，一团月光下的雪，积雪，屋顶上的积雪。美景并不都是良宵。

而现在是白天，有一只白鹦鹉白皙的程度。众生寂寞：一只碧鹦鹉对着一朵红蔷薇，一枝红蔷薇，一院红蔷薇，一地红蔷薇，一只碧鹦鹉因为素裳沉思的少女，替红蔷薇感到寂寞。少女替碧鹦鹉感到鹦鹉的寂寞，为了让我们替少女感到少女的寂寞。

谁替人类感到寂寞？而现在是白天，日射纱窗，风撼门扉。

唇齿间的薰衣草香，须臾，消失。

握手已违，拭手之际出神到了忘言程度。抽屉里的罗巾，猜不出的谜语，日光仿佛鸟声穿透窗纱："寂寞。"碧鹦鹉叫着寂寞，一声，这一声在回廊的转行处像个暗喻。

须臾，消失，日射纱窗。红蔷薇替唇齿间的薰衣草香感到薰衣草的寂寞，或许，香的寂寞。人类寂寞。寂寞，比人类更寂寞。

我在回忆

我回苏州三个月,约有两个月的晚上是在外面吃饭,能记住的饭局却很少。现在饭店,装修与菜单大同小异,总得记住点什么吧,有时候我就记服务员。招呼服务员不能喊小姐了,要喊小妹,小妹也大同小异了,所以,还是记不住。昨晚几个朋友给我饯行,我说这次回苏州,印象最深,在太湖边吃螺蛳,一连吃了两盘。

那天,我与几位搞摄影的朋友去太湖玩,一到太湖,他们就不见了,要到后面的村里去拍猪圈——因为太湖猪面临绝种危险。他们想做点记录。傍晚时候,我一个人在湖边,落日熔金,春风浩荡,柳梢头一抹朱砂,艳影飞舞,就让饭店搬出一桌一凳,放在柳树之下。老板拿来菜单,我说不用看,我只要两样菜,一样是梅酱,一样是酱爆螺蛳。老板说梅酱没有,我说你去后面的村里借,我会付跑腿钱,要你们自己吃的,不是装在玻璃瓶中卖给城里人的那种——兑了许多糖水,那不是梅酱,是梅水,或者梅雨。老板说你都知道的啊,就笑眯眯地让老板娘去借。

望着茫茫湖水,喝着名为"太湖水"的啤酒,不一会儿,端来酱爆螺蛳,不一会儿,梅酱也拿来。我满脸堆笑一腔喜悦,这螺蛳太新鲜了,肉头滋润,肉质丰美,而梅酱也是村里人自己用来搭粥的那种梅酱。搭粥,下饭的近义词。因为梅酱常常在早饭之际吃,而早饭又往往吃粥,故叫搭粥,"搭粥菜"。

太阳快要落山,湖水渐暗,湖水比天空暗得快,也暗得深,帆影仿佛十几只黑蝶。

太阳终于落山了。湖水反而明亮起来,比天空明亮很多,而天空开始暗了,深了。尽管湖水明亮,帆影却没有看见。我对老板说,再去给我搞一盘螺蛳,不要酱爆,这次要清蒸,这么新鲜的螺蛳,酱爆可惜。老板说螺蛳还能清蒸啊,我说当然可以清蒸,于是告诉他放什么作料,怎样把握火候。老板将信将疑地下厨房去了。这类饭店,老板常常兼做厨师,或者厨师兼做老板,也有可能兼做老板娘。

清蒸螺蛳要多花费一点时间,等清蒸螺蛳上桌,月亮已经升出。想不到还是一轮满月——湖水更为明亮,又看见帆影,好像两只三只灰蝶,停上花枝一动不动,花枝乱颤,水波粼粼。

朋友们也陆陆续续地回来了,有用数码相机的,就打开了让我看猪圈和猪圈里的太湖猪。加凳子,又加桌子,摆满冷盆热炒,我却再没有吃的兴致,也忘了看月亮。

梅花春雨江南

杏子下来了，我身体不适，不能多吃。就看。杏子的杏黄色真是好看，清供三天，杏黄色也甜熟了，像烤好的肥鹅。把杏子和桃子放在一起，仿佛汤水圆与汤团下在一锅，春节和元宵节的喜庆立马浮泛眼前。但在江南要吃到好杏子，还真要碰运气。

虞集曾撰《风入松》词，有"杏花春雨江南"——这个是名句啊，只是江南哪有什么杏花！我疑心虞集可能把梅花认作杏花了。如果要我说出事实，应是"梅花春雨江南"。江南多的是梅花，杏花不能代表。

我能够在江南见到的杏树，只有三四株：苏州网师园里有一株；无锡泥人厂有一株；常州红梅公园有一株，后来再去看就不见了，是不是既然名红梅公园，就不许杏花开放？有明朝官僚文人程敏政（他连累过我们苏州形象大使唐伯虎），其人年少时倒也风流倜傥，"有幸（杏）不须媒（梅）"，春风得意，"今早里要与阿姐结私情"——我写到这里，嘴边突然哼出这一句，把我家女人吓一跳。她正在一边读书，问我，你唱的是评弹吗？我说吴歌。我在什么时候听过这一首吴歌呢？在常熟？我在常熟居然没见到杏花。常建写兴福寺的"曲径通幽处，禅房花木深"的"花木"，我觉得禅房边的花木最好是杏花桃木，如果是梅树，就少了真味。我是这样想的，也不知道为什么。程敏政是"有杏不须梅"，红梅公园是"有梅不须杏"。除了以上三处，我印象里南京大学图书馆后面也有一株杏花，杭州九溪十八涧深处也有一株。

　　从中也就能看到，江南杏花如此之少，哪有梅花这么多！梅花多得都牛皮哄哄了，像京城里的一些明清家具收藏者。有一位据说从祖父起就收藏明清家具的收藏先进工作者说，俺家明清家具也太多，天一冷，俺就想劈了当柴烧。江南少见杏花，北方看不到梅花。有一年初春我们在西山脚下黄叶村——说是曹雪芹著《红楼梦》处——结伴游玩。我突然见到倒闭的茶馆院子里，隔着竹篱笆，院子里有两棵怒放的梅花，一群人正要钻过篱笆近观，我毕竟是由江南流落到蓟北的，阅梅无数，我说是假的。他不信，要和我打赌。记得那天晚上一群人沾我的光，喝了他家两瓶收藏了二十余年的茅台酒。据说他家从祖父起就收藏茅台酒，他说，俺家茅台酒也太多，一不小心，俺就用它来熬粥。这是有关他的段子。

　　那天我在黄叶村见到的是仿真梅花，说真的，仿真水平比张大千仿石涛还技高一筹。从中也能看到，北方的确没有梅花，或者少梅花，杏花却很多。有一个说法，南方的梅花到了北方，就变成杏花，梅花的"梅"字，古字是"呆"，因为梅花到了北方后变成杏花，仓颉就把"呆"字倒过来，成了"杏"字。这个说法很美丽，也让我遐想。我在江南是什么呢？到了北方后变成什么呢？有时候我想，我在江南是"吉"，到了北方把它倒过来，一瞧，呦，还没这个字，只能"口干"。北方就是干燥，我在苏州不爱吃水果，到了北方，不吃水果不行。另外正因为北方干燥，水果的糖分也大，我嗜好甜，所以我在北方颇有苦尽甘来之感。

　　前几天有人送来点俄罗斯的鹅肝酱,说要就黑面包吃。我试了试,还是觉得故乡的梅酱就饭泡粥吃好。

小畜集

听从自己内心,有时候也是妥协吧。鸟形的一块山地,我执意到那里,翅膀上开满桃花,当然假想有这么一回事。我是越来越喜欢桃花了。因为喜欢桃花,也就会不喜欢梅花。我在情感上比较单一,不能并美。这是我的过错。天地肃杀,就让它肃杀好了,梅花开什么花啊,不是多事么!我甚至觉得有点粉饰。但我随即是另外的记忆——丧魂落魄地回到家中,猛然看到瓶子里的梅花,其中难道没有瞬间的温情与安慰?

某日经过桃林,我有五方杂处的快感。我在家喜欢清静,电话也会让我烦;一旦出门,就喜欢五方杂处——尽管这常是一种错觉。我怕出门,但一出门,五日十日不回家。桃林让我有五方杂处的快感,而在梨园与杏坛,却没多少这个意思。

苏东坡狂醉簪花,我眼睛一闭,看到他簪的是桃花。我总觉得其中有种天分。簪梅花太标榜,簪紫薇太碎,簪李花太冷,簪牡丹太闹猛。当然一说,既然狂醉,花花花花,还不是有什么就簪什么?石蒜都可以往头上插的。石蒜,俗名"蟑螂花"。与苏东坡对应的花,在我看来就是桃花。爱桃花倒真的是好古,无话找话,我有一句写一句,北京的十一月在暖气输送之前,我老觉得墨水瓶冻住,文思不舒卷——是我身体不舒卷的缘故。我团紧了扔在那里,越缩越小。

童年时候,我有过一段军工厂生活的经历——应该是军工厂吧,生产军用飞机的一个部件。厂子和生活区孤立在荒野里,被高高的红砖墙围着。墙外是一条河,山坡上有片桃林和胡桃林。因为有桃林和胡桃林,也就与当地人有了若即若离的联系。小孩会把羊放到生活区来,它们啃垃圾桶里的西瓜皮。渐渐地红砖墙外面有了农民的房子,他们平时不用电,灌溉打谷的时候就拉厂里的电。某技术员的儿子到桃林偷桃子吃,被看桃林的人抓住,绑在桃树上用鞭子抽昏过去。一时差不多要械斗,当地人拿着铁锨扁担,厂子里的工人端出步枪。后来双方书记都出场了,公社书记用大烟袋一甩,农民兄弟顿时冲上来把工人兄弟围个水泄不通,厂里的书记是个军人,他两手叉腰,一口河南话,说一个小孩摘几个桃子,能摘几个?就把他绑起来抽昏,你们偷我们的电,通宵达旦,现在这个事不说,我看就这样定了,以后厂里的孩子偷桃子,抽昏他算他活该,你们再偷电,被我抓到——说到这里,书记掏出手枪,对着天空"啪啪啪"三枪——我把他毙了!

说起来也真是凑巧,正有一群乌鸦飞过,"啪啪啪"三枪,掉下五只。三枪击中五只乌鸦,当地人扔了铁锨和扁担,转身就跑。公社书记的大烟袋也被当作战利品缴来,后来他派妇女主任用了两筐桃子才赎回。

我直到现在还常常会想起这件事,结果得出这样的结论:凑巧的力量是巨大的。所以文学作品中的巧合尽管让我生厌,却同时让我觉得生活中真有深不可测的凑巧的力量。

我认识一个女人，她弹古琴（有一次她弹《秋风辞》，阳台上的鲜花落英缤纷，让我瞠目结舌），她读佛经，她内心很敏感，但却能够不怕痒——这在我看来是极其大无畏的。

她能徒手剥芋头！

不是煮熟的芋头，是生芋头，它的毛沾到手上——我戴着薄皮手套剥过一回，在摘手套的时候不小心沾上丝毫，我从星期六痒到下个星期六，烦躁得一事无成。而她竟能徒手剥芋头！

有一次我吃芋头，正读到龚自珍的句子"美人如玉剑如虹"，我想"美人如玉"也太平常了，玉尽管珍贵，但在文艺里作修饰，就平常，看不出写作者的才气。我想改为"美人如芋"多好。外形上不像？难道玉在外形上就像？比喻还不都是遗貌求神！"美人如芋"的"芋"，芋头，在我看来与美人也有一种美好联系，即芋头让我手痒，美人让我心痒。

等我静下心来，要重写一遍《美人如芋》，这真是个好题目，就这么放过，可惜了。天下好文章多，好题目少。我读过的西方小说，海明威《白象似的群山》——这个题目好。有翻译为《白象群山》，不好；翻译为《像白象那样的群山》，也不好。但我的《美人如芋》改成《像芋头那样的美人》，如何？好，"像由挠痒引起的内战"。

嫦娥偷吃了灵药，而我感兴趣的是怎么又跑出来一只兔子——在我们的神话传说里，它在月亮上捣药。人类足迹未到之前，它就在那里了。也就是说它是真正的外星生命。有一天飞碟降临地球，从飞碟里跳出的是一只又一只兔子，该多好玩。好玩之处是让自以为是的人类目瞪口呆。让我感兴趣的还有——就是月亮上的那只兔子它捣的是什么药？是能够离开月亮的灵药？千年万载过去，这药终究没有捣成,看来外星生命的科技水平也不怎么样!厄普代克写过"兔子系列",我只读过《兔子,跑吧》,现在也就记得这么一个情节了——兔子,一个绰号叫"兔子"的男人在那里打篮球,气氛有点无聊和压抑。中国兔子在月亮上捣药,或者说外星兔子在月亮上捣药,美国兔子在街头打篮球,离开——梦想着离开,看来是宇宙间长久与本能的冲动。所以"碧海青天夜夜心",其中就不仅仅是悔恨了。唐诗的好,往往有一种气息在宇宙之中弥漫;宋诗根牢果实,顺着地球转;到了现在,我们的诗人,范围基本在十二平方,哦,还没有,书桌上制作着模型——在当代,所谓优秀诗人,就是还能制作诗歌模型的手艺人吧。

(另外:用诗歌表达文化修养,是不是一件害臊的事?)

昨天读清诗,有一首写燕子的,当时觉得颇有新意,今天却怎么也想不起来。记忆力一天一天下降,以前喝下的酒现在泛起,我这才相信医生劝告,酒精会损害脑子。但既然想起燕子,那就让它此刻出现吧。一时却没什么话要说,我就查日记——印象里我今年对燕子情有独钟,我翻了翻,想不到我曾经这么认真地记过日记。

我喜欢燕子,连带赵飞燕和燕子李三。

我在河北仙台山玩,山路上的一些植物钉着木牌,验明正身,有学名,有俗名,也有树龄等。我看到漆树,它的俗名是"王八树"——太有意思了!仔细一想,漆树的确王八,你不小心砍断它,它报复心重,会咬得你全身红肿。在安徽乡下,竟有被漆树咬死的砍柴少年——一个人看了我写的《漆树》,一边挠痒一边说起这件事。即使如此,我也不相信文学的感染力,因为它常常混淆视听。

变古彩戏法的是个男人，我不觉得稀罕。如果是一个女的，从花花绿绿衣裳里不断往外拿东西，我就惊奇了。甚至虔诚——我虔诚地望着她从腹部拿出一盆红彤彤假花，觉得目睹了山阴道上的生育。

园林里的长颈鹿

前言

但愿如此。一切努力都是不满表现,说得通,却平庸。中年人常常有对平庸的爱好!这种爱好有时单纯得简直像涉世未深的人,更多是翻不了身。伪格言说,梅花鹿光长脖子,也长不成长颈鹿。在这里并不能起到缓解作用。所以对平庸的爱好既是约定俗成,也是众望所归。其中有的是对命运的肯定。长颈鹿是通过素食达到的,而素食者开始是信念,后来是习惯,这同样能够达到。比如一首诗和一篇散文是不同的,尽管它们有相同的题目,尽管长颈鹿在相同的园林里。塞尚反反复复画苹果,每画一次,怀疑就加深一次。艺术是加深自身对现实怀疑的行为,最后假象一般自身与现实融合,也就是加深对怀疑行为的怀疑。长颈鹿的怀疑使树越长越高,脖子跟着树长。

(去年,我在苏州古典园林闲逛,这样说是故作潇洒,逛是逛了,闲却一点也不闲,为了吃饭,为了写书。我写书就是为了吃饭,没更大抱负。或许是有的,时间一长,忘了。大江一道横眼下的瑟瑟茅屋,没有飞檐走壁,没有钩心斗角。更不会山头堡垒一样同仇敌忾。著书都为稻粱谋,幸好心还静得下来。我在苏州古典园林闲逛,亭台楼阁,太湖石,花草树木,紫藤架,比比皆是,目不暇接,比比皆是目不暇接的是它的视线。如果把苏州古典园林当人看,他是低着头眼睛朝下看的。说他虚怀若谷也行,说他心怀鬼胎也行。不说也行,反正他就这个样。苏州古典园林里有一种压低了的视线,碰上我心情不好,我就想弄一头长颈鹿进来,长得高,看得远,高山远水,对了,高山远水是我忘了的写作抱负。之所以忘了,因为有一阵子几乎成为包袱。包袱越重,精神越轻,哪怕是精神包袱。精神包袱里肯定没精神,与火车站行李房差不多。她给我寄来一块顽石,偏要说是心。长颈鹿在苏州古典园林里闲逛,并不想看得远,只想吃到大树上的叶子,这是很可能的。很可能就是这么一回事。但长颈鹿能够在苏州古典园林里闲逛,一定是孤独的长颈鹿。把话说大,每个时代都有它孤独的长颈鹿,被一个人谋杀后再次被集体谋杀。靠单个的力量完成不了谋杀一个人的如此大业,能谋杀一个人的最终只能是集体。我写过《园林里的长颈鹿》一诗,纪念高启。高启在我看来就是明初的长颈鹿,他被朱元璋腰斩,不是朱元璋觉得高启的腰好而心生妒忌,是皇帝认为臣子的脖子太长,站在金銮殿前望得见宫中禁地。"女奴扶醉踏苍苔,明月西园侍宴回。小犬隔花空吠影,夜深宫禁有谁来?"传说高启就因《宫女图》这诗得祸,触及宫闱隐私。事实是否如此,我缺乏研究,可是后人的评说颇可玩味,以为文人轻薄,自取杀身。高启被谋杀了两次,"文人轻薄,自取杀身"的评说是再一次谋杀,比朱元璋阴森。历史并不想通过集体谋杀为独裁者开脱罪名,而集体谋杀总会给独裁者一些安慰,从而怂恿他的恶念。单个的谋杀者是人性的黑暗,集体谋杀是文化的黑暗,而人性总是在文化中成长。人性是文化的遗物。长颈鹿经过远香堂，停下，不是因为看到西洋自鸣钟，也不是因为看到徐娘拿着扫帚出来。它看到万里无云的青天。它上当了。）

后记

2005年10月4日，我早晨起来，在清冷的空气中写作，忽然觉得不像写作，像钓鱼。我认识几个钓鱼者，他们有空就全副武装，其实就一辆自行车、一根钓鱼竿和一只小板凳，去郊外，去远方，还有在野外露宿连钓几天的，啃着冷馒头，喝着凉水，忍着蚊叮虫咬，钓上的鱼舍不得吃，腐烂发臭，也舍不得扔，带回来让大家看。他们有滋有味，津津乐道。写作者刚完成一个作品，也有这样古怪的乐趣，自以为是的杰作在旁人看来，无非又一只死老鼠罢了。正是在古怪的乐趣这一点上，写作者和钓鱼者甚至和猫头鹰之间有了兄弟友谊。年老的钓鱼者——我认识一个，他中风之后走不了路，就让儿女买几条鱼，养在浴缸，他坐在抽水马桶上钓。这也是大伙儿的晚景，凄凉吧。但愿如此。

园林里的鸟

"睡意总是在众人之中傲慢地到来",长廊里有人这么说。飞得很艰苦,我看这一只鸟,大概是正学飞的麻雀,它"咚"的一声,砸在铁树上。我见过铁树开花,姿色平平,但因为难得开花,大家就很宝贝。常春藤一直长青,太阳晒不死,太阳不晒也不死,不浇水不死,浇多了水也死不了,园丁觉得贱。牡丹天天开,就只能韭菜价钱。物以稀为贵,这就是头发少的好处。厚积薄发,才捡得到大便宜。善价而沽,心真沉得住气。囤积居奇,怪事自然层出不穷。授课计划:白头翁(一种鸟)围坐在鸟笼里,听黑暗的黄昏授课,怎么染发,全本才能墨涂涂!晚春阴天的黄昏,黑暗的黄昏,骨子里的阴沉和绝望。小白头翁一绝望,从大白头翁的头上"啪"地掉下,撞在铁丝网上。现在,铁丝网上挂着它一片脏兮兮的翎毛。"可见光辐射的环境""宏观环境很不规范""都是十分成功的借款计划""改革和环境""不过话说回来""空间框架,风格""付给供货商""颗粒的风格,法国情调""好机会和经济""几乎境界开阔""风格成分工程规划聚集科技界亘古""费功夫聚集""开阔了""广泛规划""爬""看来几乎不能""地方的分工可见""颗粒流""地方得到""收到的答复""开了，银行，海关""可口可乐风格""高峰过后可见颗粒"，太湖石的假山洞里断断续续传来商人们谈话的颜色，几乎有白头翁一样苍白，或者有桃花一样艳丽。在一株桃花一组组盛开的桃树上，黄雀跳来跳去，刮起一阵花粉热风。"睡意总是在众人之中傲慢地到来"。地方像铝合金非常亮，看扑克大赛，老K，黄雀叼来一张老K，围观的人为了它的作弊而群情振奋欢欣鼓舞。三十六鸳鸯馆前面，画蛇添足豢养二十几只呆头鹅，严重营养不良，缺铁性贫血，吃多了泡泡糖，毛色就像野鸭。它们过着栅栏里的日子，水浑得要死要活。两个人就坐在水边打扑克，于是情意绵绵。燕子，园林里没有燕子，这些是被保护的文化遗产与古典建筑，燕子不可以做窝。园林拒绝窝藏燕子，这多么有趣，又多么乏味！翠鸟倒活泼，借着巨大的荷花池，把它急躁的个性暴露无遗；但它的色彩如此沉着，一只一只，被宋朝的御用画家画出来似的。翠鸟是院体画的范本。据说古代的桂林人用翠鸟发财，他们拔下翠鸟羽毛，卖钱，卖大价钱。从此漓江两岸飞着全是光溜溜的翠鸟，像超市里速冻肉鸡。鸡没这么小，是鹌鹑。鹌鹑喜好竹林，与嵇康是朋友。手挥苍蝇，目送鹌鹑。暗场，竹林片段：鹌鹑在竹叶青里毛骨悚然。第四个环节。反复。快快离开。更丰富的。飞过黄河，飞过黄河的是哪一只候鸟？艰苦的计划。黄昏。黄昏作为经济积极地向写意画家提供了瑟瑟风格。向透视法借款。花费多少交换机？航海家又是怎样的喜鹊和乌鸦呢？白鹭的粪便把山下的香樟树变成泡沫四溅的浴缸，万家灯火摇落其中洗了一个月光浴。欲望，全是人的欲望，人为的欲望，偶尔有失群的大雁飞过，影子陀螺般在铺地上打转，雁泪不经意滴湿干白的紫薇花。"睡意总是在众人之中傲慢地到来"。而睡意总是在众人之中傲慢地到来。

园林里的猴子

眼,睁大一些!喂,喂,晚上六点在天一渔港碰头,这园子有幽灵,嗯嗯,你不是喜欢海鲜吗?它们还时常跑出来,啊啊,那里的醉蟹一流,在粉墙画花,东一朵牡丹,西一枝白梅,嗯嗯——他一边接着手机,一边和一个女人(的声音)通话,一边给我介绍。我一边和他应酬,一边东张西望。他在虎皮石上滑了一下,于是差点撞到太湖石上。太湖石振衣凌空,丢下绿沉沉的海棠铺地,朱栏从柳树与枫杨树与桂树后斜走天涯。夕阳有点西洋红,这时候的光景我私下以为最美。白梅画在粉墙,看得见吗?我装作有兴趣的样子,其实是小心翼翼。我调整调整口袋里的录音机。自从我用录音机写作,我就觉得我差不多成了间谍。当然,我在另外的场合说过,在一个访谈里,我说,"诗人就是怀着语言秘密的人",我说了吗?在我不多的几次猪八戒吃人参果的经验中,海鲜的介胄总捎带些微蓝:一种粉粉的蓝,像好女人的语速。它的肚脐圆周是那样的紫,简直上了紫药水,我凑近嗅嗅,并没有紫药水味道。从饭店里打扫出的海鲜壳,有一阶段我业余考古,以为又发现一处兵马俑：秦始皇在长城下与鲍鱼沟通思想；海龙王在井底和青蛙交换看法。看得见吗？我又重复一遍：看得见吗白梅画在粉墙上？看不见它也要画！他一个亮相，脸上的油彩仿佛京剧。花脸的意义远远超出戏曲，一个国画家到海外不会说英文，护照又放在旅馆，无法证明自己的身份，在警察局找一把彩笔画了个花脸，他们马上明白了，中国人！你怎么知道？我停下对一篇小说中一个情节的追忆，很老练地问道。我离开他，走前几步，在亭子旁，用食指抠抠枫杨树的树洞，我居然抠出久违的白娘子来。别来无恙？许仙去年开了家西药房，不知道吧。它现在暂时还没有白蛇长，但已经有春蚕那么大了。白娘子：某种害虫的地方性命名。这个地方充满偏见，难道是法海之城？我也说不准所以才有这样的命名。如果一个怜香惜玉的城市，谁会恶毒地把一种害虫叫成白娘子？偏见在本质上是男性与恶毒的，某种程度上为放纵的禁欲，对，放纵的禁欲，却可以含沙射影。我是幽灵在园林里的代理。如果它们高兴了，就会把假山上的太湖石一夜之间统统变成积雪然后大地回春阳光灿烂一股脑化掉。历史上的园林就是如此了无痕迹，当然了无痕迹也未必，乔木和池塘还是残存，黢霫那里，生不如死，所以一有南风乔木逮着机会一个劲地叹气，唉唉唉，你听见了吗？他手机还没打完。有关手机，我给它下的定义是——养在手上的宠物。这个定义十分幼稚，因为养在手上的宠物不一定就手机，比如现在，养在手上的宠物是一条名"白娘子"害虫。据说园林里闹鬼……白娘子在我手心上凉飕飕的，我牙膏没挤到牙刷上，全挤到手指上了，就是这凉飕飕感觉。瞎说。他抓紧手机。每次园林要变卖或者改建的时候，原园主就会一身红衣沿着亭台楼阁咒骂、哭喊："败家子，你们这些败家子！"我甩掉牙膏。

昨天，我整理录音的时候，顺手加了点情景、行为什么的，今天一看,觉得阅读有障碍。情景和行为什么的,就留着自己享用吧。由于磁带质量问题,听不清的地方,我想当然填充上的字,谨用括号括出。还有为了阅读方便,我不但加上引号,并且分段。方便了吗?没障碍了吗?

"瞎说。(这是编出来)吓唬吓唬新手的。我们有几次就是拆园林,也没鬼(敢出来闹)。"

"都说你们比鬼凶,一点不假。"

"有也是有的,当地的一些(文人),自以为是,不让我们拆,我们是(唯物主义)者,怕什么怕,就是拆,这块地面上园林太多了,别说拆,就是放火烧掉几座也没关系。这是(五六十年)前的事情啦,现在法律健全媒体监督,不能大刀阔斧了。法网恢恢,疏而不漏,我们专钻它疏的地方,养了一只猴子。"

"养了一只猴子?"

"它力大无比,我们要拆什么(控制性保护建筑)的,就让它去拆。(他们)对猴子没办法,现在讲保护动物,就是真被(愤怒)的(群众)打死了,(也还只是)一只猴子,它也没有家族会找我们麻烦,打官司,索要赔偿金。"

"是你们训练的?"

"说起来,我们还真有创意,就根据一条谚语,这条谚语你也知道,是谚语吗,反正与谚语差不多的东西。谚语说'猢狲吃青橄榄,扒掉三间草棚棚',你知道的,猢狲就是猴子,它吃青橄榄,刚咬一口,涩嘴,(急吼吼)扔掉,不一会儿,舌头上(回甘),味道越来越好了,它就要去找回刚才扔掉的青橄榄,找呀找,结果扒掉了三间草棚棚。"

"找到没有?"

"我们想让它找到它就找得到。"

"但你们要拆的东西不是草棚棚。"

"所以我们养了一只力大无比的猴子。如果我们要拆（拙政园），就把猴子带进（拙政园），喂它青橄榄，不出半个月，就能把（拙政园）拆得一塌糊涂，比雇民工便宜，再说现在的一部分民工（也有觉悟），有些建筑他们还不愿拆，说是祖宗留下的文化遗产。"

"那要多少青橄榄啊？"

"我们人多势广，让每个员工回家种橄榄树。也是对环境的贡献。"

"没人说不务正业吧。我能看看这只猴子？"

"真不巧，拆文庙的时候，给一根大梁砸死了。谣言四起，说孔夫子显灵。我是幽灵在园林里的代理，我知道孔夫子是神，比灵的级别高，如果说神是局级，灵只是副局级。至于鬼，级别就更低了，差不多只是享受副科级待遇的秘书。这也是宿命，子不语乱力怪神，偏偏成了神。"

"那你们的拆迁，停止了？"

"生命不息，拆迁不止。我们请到了另一只（侨居）海外的猴子，会讲三国语言，更加力大无比，说来也是祥瑞，它一蹦到三十六鸳鸯馆，馆藏的鸳鸯顿时放下架子，绕着它彩浪起伏，当晚就有十一只母鸳鸯和它跨种族交配，以致第二年这个城里多了一种珍稀动物，被命名为'鸳鸯猴'，'鸳鸯猴'像波斯猫似的，一只鼻孔蓝，一只鼻孔黄，蓝如天蓝，黄如黄金，流出的鼻涕也不一样，一边是矿泉水，一边是葡萄酒。"

"让我见识见识，也算开过眼界。"

"它已经回去了。"

"你们也喂它青橄榄？"

"这怎么行！它接受的都是精华（教育），我们要喂它橄榄油。再说给它的任务也不同，不要它来拆迁，是要它帮助建筑设计，它果然匠心独运,在耦园里设计了一幢罗马建筑,它说耦园么,就是佳耦之园,让这一幢罗马建筑与原先的中国古典园林建筑交相辉映,作为对跨国婚姻的比喻——多好的房地产宣传点!大家鼓掌,一致通过。"

"这事我也听说了,据说它有点恶作剧。还有人说是报复。"

"我也听说过。哪会啊。它以前是对(太平天国)有意见,现在没有了。它侨居海外,信上(基督),宽容了。(太平天国)拆了它祖宗的房子,又没拆它的房子。再说设计费我们一分没拖欠,合同一签,就(全额)打到它账户上了。"

"心,谦卑一些!这块地面上还有人,它们会时常跑出来在粉墙画猫,画老虎。"我说的这一句,现在整理出来后,看来要加个注解,尽管关系并不大:古代有迎猫迎虎的习俗,"迎猫,为其食田鼠也","迎虎,为其食田豕也"。"然而",唐朝的来鹄认为,时到如今,"又迎何物焉?"

园林里的羊

深山也似平川,因为是园林里的假山。望山北青林茂密,如翠羽,异鸟兽各三四出没其中,不知其名。知道了又怎样?徐渭陪焉,吾与古人为友以养我浩然之气,我陪徐渭焉。徐渭忽然不见,再见于梧竹幽居亭——月中之月,影底之影。徐渭曰:"我名非渭,此哂字,是我名也。"我就喊他哂先生,他又不答应。不百武,远香堂前一白羊,大可如一大驴而脚高,追逐另一头白羊好像更大,两头白羊眼珠都是金黄色。我吓得大叫:"老虎!老虎!"徐渭被最先见到的一白羊所钳脖子,后来他说:"真是怪了,不伤,亦不痛。"我被另一头白羊顶穿肚子,流出大把大把茶叶。原来我是一只茶叶罐啊,我想,公元2006年3月11日星期六晨梦。此梦颇可玩味,也就加点注解:

1. 徐渭

徐渭(1521—1593),字文清,更字文长,号天池,又号青藤老人,山阴（今浙江绍兴）人。屡应乡试不中，晚年以卖书画为生。有《徐文长集》。

2. 梧竹幽居亭

我在 2004 年 6 月 2 日的游园日记里写：

> 梧竹幽居亭：我以为梧竹幽居亭是拙政园里的第一亭，越玩味越有味。从大处说，梧竹幽居亭有四个圆洞门，与别有洞天的圆洞门暗暗地作了呼应。往小处看，绕亭一周，四个圆洞门在不停地转动、滚动，组合切割，半圆弧形，仿佛月亮盈亏，生生不息，又像明镜圈套明镜，妙趣横生。一般的亭都需要通过借景来达到圆满，而梧竹幽居亭却能自足。梧竹幽居亭既能动观，又能静观，脸长得好，身材又好。可惜梧竹幽居亭里置放的石桌粗糙，即使不粗糙，也应该拿掉，梧竹幽居亭应该是虚中还虚。

我在 2004 年 11 月 5 日的游园日记里写：

> 梧竹幽居亭里全是女学生——大概是职业高中学旅游的学生，拿着教科书，在亭子内说来话长。梧竹幽居亭仿佛月亮，月亮里只有一个嫦娥，现在嫦娥太多了，就没有月色。

我在 2004 年 11 月 20 日的游园日记里写：

> 梧竹幽居亭，此刻一如鸟笼，装满了十七八只鸟，把笼子撞得砰砰响。

3. 哂

哂,微笑的意思。

4. 远香堂

拙政园原先的大门在远香堂附近。

有关散文

你不能占有这些，要本分。不能占有语言，语言在语言那里过年，而什么东西过河了。

一篇散文的字数——能够被我使用部分，甚至比诗还少。不，是更少。

在散文写作中，文字被节俭——而文艺腔总是会在那里暴食。

我们要充分认识到挥霍写作在当今散文领域的地位与权威，避开它们，船帆绕道，不与暗礁明礁称兄道弟。

这类散文的一个特点：这他妈的也太夸张了，这不他妈的还是夸张。

在"神色自若,旁若无人"右边,是陆机刚到洛阳,有人问他长柄葫芦。散文终不是把玩之物,但确有"得种""不得种"问题。这"种"比"文脉"更为挑剔,大头和尚曾曰:"挑出灯彩皆不是,剔尽红尘也不来。"

在"神色自若,旁若无人"左边,是高坐道人肃然改容。昨晚,我读一位东欧作家的散文,肃然改容。她说:"在关键时代或高尚时期,我们会发现声音洪亮的散文作家总有一种发自内心地真诚地想糟蹋和作践一番自己的冲动。"

散文是王顾左右而不言他。

散文是"您好,您拨打的电话已关机"。

散文是"少说为妙"。

散文是洁癖的。

在当代,散文的写作——不怕干净过头。

而散文是洁癖者的事业。

我宁愿看到一篇写得很烂的好文章,而不愿意看到一篇写得很好的烂文章。但,写得很好的烂文章,历朝历代,时至今日,今日也太多了。

小记事本

我坐在圆谷酒家金色屏风下面。上午它是灿烂的。上午,有轻强的光线。我与几个人在屏风下面说话,范围大致在天气、男女和时事之间。不经意一回头,我不经意地回过头去,就看到屏风顶端一缕轻盈的灯草。一缕灯草会使我离开这里,并从谈话者中间抬起头来。我抬起头,灯草冉冉。想象的灯草它有比喻的光芒:强烈了,就是芒刺在背,而一旦柔和,就为散步之细线。她的嗓音如一根细线,绕在大伙儿指间,我从这里到那里,像从一座公寓到另一座公寓。更多时候,我是一个人独自坐在圆谷酒家金色屏风下面。到下午,金色屏风上的金色仿佛一堆土黄。光线转弱。因为光线转弱,空间和器物就显得暧昧。我呆呆地坐着,心事若云若烟。也有若霞的时候。那个时候,就是我想在金色屏风上画一树红梅。枝干如刀,花朵如雪,大雪满弓刀一般。但这是白梅。我要画红梅:枝干如刀,花朵如血,似风尘中的侠女,如沙场上的先锋。红梅有点像风尘中的侠女,于妩媚中透露出利刃的啸声。杀尽天下负心郎!我觉得我也在劫难逃。于是,我就换个位置——我的后背感到冰凉,我坐到金色屏风对面,避开杀气。

红梅不见了。我坐在金色屏风对面,看不见红梅了。我想在金色屏风上面画一树红梅,其实,我已从这屏风的金色中感到红梅一树正在愤怒地开放。下午,我独自坐在圆谷酒家金色的屏风对面。我坐在这里,她来了——她是酒家聘用的一位会计,她每天都在这个时刻来临,像星期一总在星期一这一天到来一样。她的皮肤黝黑,她的汗毛细长,据说她是一位印度尼西亚姑娘,不,她已有一个女儿,所以,据说她是一位印度尼西亚少妇。从我身边,她走过,折进吧台:她在里边不停地按计算器。她多像个精打细算的家庭主妇。南国姑娘,剥着橙子,与波涛交换着坐在海滩。她何尝不想这样呢?就像我何尝不想在金色屏风上画一树红梅,然后,烘着红泥小火炉,昏昏欲睡,等着失散多年的友人慷慨归来。

有时候,我坐在圆谷酒家金色的屏风下面或金色的屏风对面,会什么也不想,紧盯着面前小桌上的水杯,我一点也不渴啊。喝,人类为水而保留的习惯。

风吹来,我感到了冷。已是深秋。我近来常常从金色屏风上看到几株芦苇、一头墨雁。红梅如果是热烈的梦,墨雁,就说得上一份有些瑟瑟的心境。心境瑟瑟,芦苇瑟瑟,墨雁也瑟瑟。是墨雁的翎毛瑟瑟,是墨雁的颈毛瑟瑟。墨雁的柔颈弯过屏风,在金色中打击出一个锐利的角度。金色消逝,只是屏风还在。只是屏风还在这里。

有时候,我能透过金色屏风,看到屏风后一张餐桌,上面,放着一瓶绢花与四套餐具。那张餐桌似乎从没有人坐过。一个人、两个人、三个人、四个人。四个人坐在一起用餐之际,就是一个人。我想把四个人画上屏风,把他们的脸画得嫩红粉绿,敬畏地围坐一张四方的餐桌边,瞧着洁白的餐具而一声不吭。空间已经太小,早容不下十三个人同时心照不宣地用餐——这个世纪末,只能给四个人留下一个各有打算的位置。

夜晚,金色屏风是沉默的。大堂里的灯光,使它具有一层聋哑色彩。我坐在金色屏风下面,与几个人说话。他洗头回来,神态如一盆黄焖长江鲈鱼。生意清淡,厨师长捧着茶杯出来,坐在我们之间,听我们说话,有时,也问上一句:

"味道怎样?"

他捧着的茶杯上绘有三五匹木马图案。我感到光线,我看到尘埃。我写下一首名《尘埃》的诗。我把《尘埃》这首诗写在小记事本上。这是我在小记事本上写下的第三首诗歌。

这个小记事本,我把它放在口袋里,我看到什么,我就在上面记下什么。在这之前,我看到三座高桥和一个疯子。在看到三座高桥和一个疯子之后,我看到尘埃。因为我记下三座高桥和一个疯子,所以,我也记下尘埃。这个小记事本,是一位嘉士伯啤酒促销小姐送给我的。有一天,她神秘兮兮地把我喊到一边,说要送我东西。我以为是封情书或者是只戒指,结果是这本空白的小记事本。在我得到小记事本之前,我把我所看到的都记录在随手拿来的点菜单上,随写随放也就,随丢了。嘉士伯啤酒促销小姐嘴巴左下角有一粒绒绒黑痣,仿佛心理学的葡萄干。一次,我拿过她的左手望望,我说:

"这样的痣在你身上还有四粒。"

她说:"你怎么看见的?"

我当然看见。我在小记事本上写下我看见的事物——我看见三座高桥,我就写下三座高桥;我看见一个疯子,我就写下一个疯子;我看见尘埃,我就写下尘埃。但我没有写金色屏风和金色屏风上的红梅、墨雁和四个用餐的人。因为我根本没有看见过金色屏风和金色屏风上的红梅、墨雁和四个用餐的人。

月亮冒雨而来

下雨时候,十几个人聚在一起看月亮,这种事只有诗人会做。

现在,这样的场景,我退到远处,比如在第十七排十七座坐下,前面是个大舞台,像朵红花,也像悬在头顶的马蜂窝,等待诗人出现。

有一年暑假,我去乡下走亲戚,乡下在河边,生产队里有几条船,大的是水泥船,小的是木船,平时歇在船棚。

船棚由竹子和茅草搭成,放于现在,很为风雅。

我有个经验,凡事与船瓜葛,就有风雅之举,与车勾搭,未必如此,这能让中国古代山水画挂起来做证:遇船则有凌波步虚之兴,遇车则有途穷而哭之忧。米芾作为收藏家横征暴敛,名声不好,他弄条"书画船"去江湖上飘摇,似乎就能摇到外婆桥似的,顿时童心十足,面容姣好。老有所乐或老有所苦,倪云林住在船上,称之"泛宅",房子可以漂来浮去,任性而为,何其逍遥。风雅是什么?我也不知,风雅之中有一点童心与几分逍遥,倒有所耳闻。上海的若干位从民国熬过来的老文人,晚年游东山,见明明如月,就要去太湖里喝酒,请来接待他们的当地人，老辈文人与时下文人的区别，老辈文人会说一个"请"字，还是常常不好意思地说一个"请"字，"请给我们找条船"，不巧正是捕捞期，渔船都出去了，他只找到一条粪船。

花开两枝，按下不表。

我在生产队的船棚顶上发现马蜂窝，就去试试常人所说"捅了马蜂窝"到底怎么一回事，虽然马蜂都在外打工，春节未到，还没还乡，我还是被留守的几只马蜂蜇了几口。呼天抢地，哭爹喊娘，乡下婶婶岸上出现了，像观世音菩萨，她说："快去吃几口河水，快去呢！"我喝了几口河水，果然症状减轻。想不到河水能够止痛，月光可以充饥，前面是个大舞台，诗人开始如马蜂出没。

当诗人拒绝提供蜂蜜，这时，就是马蜂了。

一个诗人首先登台，怀抱兔子。这个诗人，十首诗有八到九首诗会写到兔子，俗话说得好，八九不离十。有人以为兔子是他的前世，错啦！

这个诗人怀抱一只假兔子，有时我们见到他怀抱一只绒布兔子，有时我们见到他怀抱一只金属兔子，刚才，我看到他怀抱的是一只干草兔子。这个诗人从没怀抱过真兔子，生肖属兔的女人算不算呢？算，我想当然算，但他从没怀抱过属兔的女人，在他怀抱不是羊牛下山，就是鸡犬升天，偶尔跑来一头猪，不带八戒。

他怀抱干草兔子，一声不吭，在舞台边角坐下，这个诗人曾在个人履历"政治面貌"一栏，填上"边角料"三字。"诗无边，马出角，看不见，料得到……""边角料"是诗人的《三字经》。忽然，他怀抱里的干草兔子，眼睛一眨，兔子如梦初醒，眼睛一眨，吃掉干草。

有人以为兔子是这个诗人的前世，错啦，这个诗人的前世是干草，他也有过年轻时候，年轻时候也是干草，他从来不是青草。我可以做证。我多热爱青草呀，我的前世是蚂蚱，草间苟活，人间苟且。"观众同志们请注意，不要妄议！"

另一个诗人见兔子诗人坐下后久不说话，走上前去，朝观众席望望，长叹一声：

"世上的鸟儿啊。"

啊啊啊，也不说话了。

诗人身后动荡起一个影子，细看是鸟。据说这个诗人几次把这只影子鸟带上舞台，成为天宝遗事，白头宫女在。此鸟非凡鸟，它是鸟类中的苦行僧，自己把翅膀绑住，不飞，不飞，就是不飞，它练长跑，练成一匹马也是说不定的天方夜谭。

这时，职业批评家上台，他是被雇来站台的，边上边吟："此马非凡马，房星是本星，向前拍肥肉，犹自带水声。"

"注水时代"，谁能逃避被注呢？五经注我，我注五经；肥肉注水，水注肥肉。

"板脸时代"，让我就这样胡写一通吧，夜长梦多。

职业批评家把这只鸟当马一样牵走，比喻属于盘算，象征属于剥夺，以致兔子诗人没有兔子，鸟诗人没有鸟，影子诗人没有影子，文艺复兴没有文艺，而苏格拉底最是悲惨，既没有底，也没有芹菜。

看看外面吧，天上没有月亮；看看里面吧，马蜂没有窝，批评没有家——统统蹲在那里，伸出脑袋望乡。

观众席人满为患，舞台空旷，轮到诗人们不好意思，总得出个节目吧，于是抛开成见，相敬如宾，高低错落，长短不拘，第一次手拉手同上舞台。

他们在舞台上画地为牢，围成一个圈，对天高喊：

"雨，停下！月亮，来吧！到诗人之中轰鸣吧，月亮，来！"

天地玄黄，宇宙洪荒，月亮冒雨而来。

古中国诗人书法

自作多情

陆机《平复帖》,见人临摹,别说神,就是形,也没见过临摹到位的。叫床是可以临摹的,一瞥间的情意无法临摹。

《平复帖》就是陆机一瞥,当然,自作多情的是我们。

不容易

贺知章《孝经》,看后,心想:"不容易。"

前人说他"忽忘机,兴发,落笔数行,如虫篆飞走"。

又说他"忽有好处,与造化相争,非人工所到也。"

两个"忽"——"忽忘机","忽有好处",在我看来,说尽古代中国诗人的书法。

昨日雨后，这几天的傍晚都会下场急雨，驱烦赶热，心情颇畅，我拿过一张废纸，写下打油诗一首：

诗人书法真心迹，忽有好处忽忘机，得来工夫全不费，五更唱破三更鸡。

秦观在《摩诘辋川图跋》中言道："善观者宜以神遇而不徒目视也"，不容易在这里。今日无事，把昨日打油诗修整一通，合点格律，免得太让人笑话。当然，让人笑话是免不了的：

书入诗家心法迹，忽来好处忘无机，工夫不废吟声苦，唱破雄鸡日色微。

啪啪啪

李白《上阳台》墨迹，字形偏方，却不纳呆，而有动感——甚至是泥沙俱下的动感——"喀喀喀""哗哗哗""噼噼噼""啪啪啪"。"老"字"台"字，一些笔画像剑刃，没有杀气，因为是醉后剑舞，豪迈之极！豪迈之极！

意象字

　　杜牧的诗远神逸韵，以前我涉世未深，比之董其昌书法。这是错误的。杜牧的诗，远神逸韵是神韵，而其内里有雄有健，有拙有朴。他的传世墨迹《张好好诗》，我想，完全可以做他诗风"插图"，这样，我们会直观一些。《宣和书谱》曰："牧作行、草，气格雄健，与其文章相表里。"此话不虚。

　　《张好好诗》墨迹："吏""西""凤""风"等字——杜牧的字，右肩胛处很有特点，挑上去以后，顺势而下，然后，有个顿挫，像在美人腰间轻拍一下，若无其事地滑到她的丰臀，手有时候仿佛栏杆横斜，有时候仿佛孤云出岫。

　　《张好好诗》墨迹："纳"这个字，左边如妙龄少女，右面像半老之人，有半推半就的风情。这种美，既是结体带来，更是用笔传达的，左边用笔秀嫩，右面用笔拙朴。就看这一个字，也就知道杜牧与毛笔的关系极其亲密，故能忽秀忽拙，游刃有余。而"洞"这个字，真好像洞中有位修炼者，不是死修，是活修。

　　杜牧的书法，可惜传世只有这一件，我以偏概全，说起来的话，杜牧书法他最大的特点，约是字里有意，意中有象。我称为"意象字"。

书法诗

杨凝式《神仙起居法》是歌行体,所谓"歌行",《诗体明辨》中作了解释:"放情长言,杂而无方者曰歌;步骤驰骋,疏而不滞者曰行;兼之者曰歌行。"

杨凝式《韭花帖》是绝句,绝句又叫"绝诗",或称"截句"或"断句"。按照《诗法源流》的解释,绝句就是截取律诗四句,或截首尾二联,或截前二联或后二联,或是中间二联。这实在是后人的想当然,不足为信。船山先生曰:"五言绝句自五言古诗来,七言绝句自歌行来,此二体本在律诗之前,律诗从此出,遂令充畅尔。"赵执信也有"两句为联,四句为绝,始于六朝,元非近体后误以绝句为截律诗"的说法。

书法诗,法诗的意象,法诗的想象力。

无论《神仙起居法》,还是《韭花帖》,结体充满诗的、诗人的想象力。

《韭花帖》中的"實"字,尤难临摹,"貫"上去一点不行,下来一点也不行。八大山人有张册页,他画牡丹,寥寥几笔,难度全在花朵与枝条连接处——那根短短的梗上,也是上去一点不行,下来一点也不行。曾经见过顾景舟的一把紫砂壶,壶嘴上去一点不行,下来一点也不行。

灼艾帖

我想过，苏东坡的书法有没有受到欧阳修影响？

苏东坡绝顶聪明，他会不会把欧阳修的字形式化——或者说夸张了？

也有一种可能，欧阳修尽管前辈，他的字受到苏东坡影响。

有一个事实，宋朝文人彼此间的影响，远比唐朝要深。由于党争，宋朝文人抱团的意识较浓。

有人会说，黄庭坚与苏东坡的诗歌与书法风马牛不相及。是的，因为黄庭坚是一位极具标新立异、独树一帜的艺术家。在宋朝，众人都是文人，而黄庭坚是艺术家。还有米芾，也是艺术家。

《灼艾帖》中的"灼"字、"知"字、"工"字、"深"字，"不宣"两字，剪下来，说是苏东坡墨迹，就是行家，立马，也不一定能够辨识吧。

风节

林逋书法，"插了梅花好过年"。怎么听上去有些情色啊，因为他"十二年足不及城市"，"梅妻鹤子"，插了梅妻，产下鹤子。

林逋善诗，名句如"疏影横斜水清浅，暗香浮动月黄昏"；善书，笔意类欧阳询、李建中。苏东坡跋："诗如东野不言寒，书似留台差少肉。"东野，孟郊；留台，李建中。沈周有"我爱翁书得瘦硬"之句。一枝几无著花的绿萼梅，插在瘦硬的铜瓶里。

沈周又有"宛然风节溢其间"之句。"风节"两字，形容林逋书法，非常传神。

夫子相

《摩诘辋川图跋》，秦观所书。

"有情芍药含春泪，无力蔷薇卧晚枝。拈出退之《山石》句，始知渠是女郎诗。"元好问论秦观诗，以"女郎诗"名之。这一评价符不符合事实，姑且不论。但秦观的书法，却是夫子相。

秦观书法——点画所流露的厚意，来自颜真卿。"宋四家"或多或少与颜字周旋过，而点画中的厚意，都不及秦观。只是秦观的书法己意不够，以致品格上它不去。

尤其诗人写字，己意第一。为己意，敢拂天下意，粉身碎骨浑不怕。粉身碎骨，书法中极其高级的境界。

粉身碎骨，崩堤溃坝，说也白说，不说也罢。

美睡

最喜欢陆游《自书诗卷》中"美睡"两字。

附录

　　我有个奇怪想法,"古中国"在元代以前结束——"鸡栖于埘,日之夕矣,羊牛下来"。

对联记

昨夜想起今天也有个日,写副对联玩玩吧。写到"因"字,右肋一阵刺痛,只得弃笔入座。原来准备写这两句老话的:"曾因酒醉鞭名马,生怕情多累美人"。

今天上午起床,上微博看看别人是怎么过情人节的,然后继续琢磨草书。

忽然瞎想,我能不能拟个对联,有所损益,就能表现出古往今来那些草书大师的草书风格呢。

先想起吴说"游丝草",因为毕竟极端,所以过目不忘。
拟对联如下:

情丝袅袅一池水

瓜瓞绵绵百草园

"游丝草"格局不大,终究旁门左道。不可有二的。

八大山人草书,该是这样的风趣:

　　情丝一丈水
　　瓜瓞百年园

去掉"袅袅""绵绵",再换两字,不但简约,气场也见大了。

设想黄庭坚的草书是不是这样呢?拟对联如下:

　　情丝袅袅十万丈
　　心茧空空五千年

那么徐渭呢?

　　一脚踢穿空心茧
　　两手扯断袅情丝

怀素一旁大笑,他拿过笔,大概会这么写:

　　情丝袅袅十万丈,老僧以为不便
　　心茧空空五千年,小子尚未入门

横批:

    无方无法

有了方法不是方便法门，就是不入方便法门了。

张旭的草书风格，一时写不出，留待明年。

那么祝枝山！祝枝山的草书风格，用这个对联损益，大概是这样的：

    情丝说断就断，啪啪啪
    爱河不流也流，哗哗哗

啪啪啪，哗哗哗，呵呵呵，呸呸呸。

桃李丑核

桃李丑核

是不是《尔雅》说的？"桃李丑核"。

这话多美，这话一说，核一下就到我们的生活里——斑斑驳驳、点线成面在视觉之中。

我喜欢吃产自北方的"离核桃"，用手一掰，掰成两半，桃核静躺于半只桃子，正在黄玉的浴缸里泡澡，水面上，浅露着有点玫瑰红情色的肚皮。

完全可以轻巧地把桃核抠出，像弯下腰拔掉浴缸塞子，湿漉漉地，整个身体湿漉漉地展开眼皮底下。

桃核是暖的，而李子的核有点冷，一脸严肃。但有一种洋李，仿佛放大的马奶子葡萄，核的形状也与华丽的马脸差不多，眉目之间残存或许平添一抹新鲜胭脂，花前月下，撩拨人心。

几个夜晚，我已经几个夜晚画着《桃李丑核》，算是写生——细看几眼，慢画几笔，画的时候又是想象了。

写生——其实是我们在想象。

猜测

两个猜测。

猜测之一：梁楷可能有个三弟叫梁松。

楷是孔子冢上生长的一种树，据说质直而繁茂，好像众树榜样的样子，故名"楷"。梁楷的父母以"楷"取名，梁楷应该是大哥哥，接下来的孩子大概会被取名"模"。"楷模"之后，中国人心里的好树就是"松柏"了吧。梁楷排行老大，梁松排行为三。

午饭后，一时又午睡不着，顺手拿过《南宋院画录》遣闷，看到这一条，就这么几个字：

梁松，隶画院，师贾师古，描写飘逸，青过于蓝。

而我们知道，梁楷也是向贾师古学画的。

我太喜欢梁楷了，不但我喜欢，我老婆也喜欢，她把从台北故宫买回的《泼墨仙人图》印刷品挂在卧室，说："越看越好。"我说："是你前世吧。"

因为我太喜欢梁楷了，就给梁楷弄出个三弟梁松，想必不错，好像给刘备弄出个三弟张飞。为了自己在这无聊的夏天有些哈哈一笑的机会。

猜测之二：徐渭的画风可能来自陈淳的儿子陈栝。

陈栝的画流传绝少，但一幅《雪竹图》就铁证如山了。可惜他英年早逝，否则开一代画风的也就轮不上青藤。

开一代画风的人，在中国美术史上，要么语焉不详，仿佛一阵风，来去无踪；要么逸闻逸事花枝招展落红无数。反正都有点不正常。这是猜测之三了。

午睡，如夜谈。

一波三折

一波三折不仅仅是用笔形态，更是心态——用笔之际的心态。

笔法

五代荆浩《笔法记》中说："气者，心随笔运，取象不惑。"我胆大妄为了，在前面加上一句："力者，笔随心运，取象有惑。"

力者，笔随心运，取象有惑；气者，心随笔运，取象不惑。

"力"与"气"两个概念，"明四家"用力，"元四家"用气。相对而言，"明四家"中沈周用气多一点，"元四家"中吴镇用力多一点。

虽说我是苏州人，对"明四家"却没多少兴趣。我对与"明四家"同时而在"明四家"之外的画家一个陈淳一个陆治更有好感。还有祝允明——尽管他不绘画。还有王宠——尽管他也不绘画。

说起祝允明与王宠，相对而言，王宠用气，王宠的气是教养；祝允明用力，祝允明的力是才情。而祝允明的用力与"明四家"用力又大不同，"明四家"用力，用的都为教养；而"王宠的气是教养"，在"元四家"那里，"元四家"用气——用的却是才情。看来"力"与"气"的内涵在元明两代、在具体实践者那里不能殊途同归，而是南辕北辙。

也就是说，想要把"力"与"气"说明白，是不可能的，但在绘画之际，或秉持"力"，或秉持"气"，在纸上留下的线质，明眼人却是一看就明白的。

"元四家"的绘画成就，黄公望、倪云林一字并肩，吴镇名落王蒙。

"明四家"中，沈周最高，文徵明、唐寅与仇英在一个层次上。

而这八个人的书法，吴镇可以排第一，倪云林居二。

沈周的书法不知服软，文徵明被人称道的小楷其实是很匠气的，唐寅的书法有市井气。

元代以来，画家中间书法境界到了上乘庵的几乎只有八大山人一人而已。

沈周花鸟第一，山水第二，诗文第三，书法四儿。

客问："你常常对人说沈周的花鸟画比他的山水画高，愿闻其详。"

我答："一言以蔽之，沈周的花鸟画时出己意，没有己意，画什么画！"

墨法

古汴赵田俊诗曰："画法始从梁楷变，观图犹喜墨如新。"画法未必就是从梁楷开始变的，也的确不是从梁楷开始变的，但这两句诗给我一个消息,笔法在前,墨法在后,画法的变变在笔法墨法并驾齐驱。

杜甫名句"元气淋漓障犹湿",应该说起码在唐代墨法已经得到一些画家的重视,比如王洽,因为无迹可查,姑且认为"画法始从梁楷变"吧。他的《太白行吟图》倚重笔法,而《泼墨仙人图》依赖墨法,虽然各有轻重,但总体有笔有墨——有笔有墨已经不是个人爱好,成为常识了,中国绘画的高级——真正高级在梁楷的出现。

入室

只有用中锋——锋尖——呈现的线条,才说得上是"写",方从义《武夷放棹图》神解其味。

写的感觉,与西方芭蕾舞最为接近——舞者用足尖,写者用锋尖。

一个"尖"字,最有意味:上小下大,意味着只有居上保持小小之锋尖运行,后来到下面(纸上与眼底)的信息量才能巨大。

需要修正的是,不一定用中锋——只要锋尖——即使偏锋——它所呈现的线条,也是"写",王羲之《兰亭序》神解其味。

中锋是登堂,只有会用偏锋了,才说得上入室。

神出鬼没

笔墨能够到神出鬼没的地步,那是真高级了。

神出鬼没的笔墨,(大概就是)不着相吧。

担当

担当的画,好处大概在这里:他没有把他的书法修养在绘画中生搬硬套,所以他画中的线条坦率——坦荡与率真。这点是很难得的。线条的魅力在于意外——有意外,而这意外常常来自坦荡与率真之心。这是最难担当的。

装置

只要单一,不论是手法,还是情感,只要有一部分是单一的,这件艺术品必定肤浅。为了说明问题,我把肤浅"机械装置":一种内容肤浅;一种形式肤浅。

我们尤其需要对形式肤浅加以提防。

这里

在这里,弥漫着抽象意味。不是抽象,是抽象意味——顿悟于心,渐变于物。

名士门庭

变

好像黄宾虹这样说线条的:"平圆重留变。"

大概"平"指"锥画沙"。

大概"圆"指"折钗股"。

大概"重"指"高山坠石"。

大概"留"指"屋漏痕"。

"锥画沙"是直线单行时的手感;"折钗股"是曲线转折时的手感;"高山坠石"是点玐时的手感;"屋漏痕"是点线转换与交接时的手感。

大概,这也是我的臆测或杜撰吧。

最难是"变"。"元四家"中的倪云林最得"变"趣。

一定要"变","变"是一位画家线条的品德与独立之处。要紧的是不管怎样"变","平圆重留"是"变"的基础。也就是传统与个人——只有在"平圆重留"的基础上哗"变",个人方能与传统水乳交融。

方圆

上乘之作都是圆的。这么说了,也就可以再往下说:而泛泛之谈都是方的。

八大山人早期之作是方的;八大山人晚年的精品都是圆的。

齐白石说"似与不似";"似"是方,"不似"也是方,而"似与不似之间"还在方圆五百里内。黄宾虹要更上一层楼些子,他说"不似之似",我想只有"不似之似"才会圆,功德圆满。

圆是功德,圆是气象,圆是生生不息。

圆是生生不息的气象,画面上自然有一段功德圆满;方在笔墨中总有歧路,总有尽头。

水墨的高处——暗地里摇曳一个圆的形态:无尽头。

得见趣味

只有天性使然了,艺术才——得见趣味,所以——齐白石的画,越简越得趣;黄宾虹的画,越繁越见味。其中有人工,又非关人工,其中一片天性也。齐白石的画是水墨村落,一间瓦房,两垄菜地,一目了然;黄宾虹的画是水墨潭府,千椽错杂,万牖掩映,目不暇接。

客问:有高下吗?

我原本笑而不答的,后来还是笑而答之:或许有高下,或许也没有,环肥燕瘦，各有情缘。

上阳台

"山高水长，物象千万，非有老笔，清壮何穷。十八日，上阳台书，太白。"

《上阳台帖》传为李白书迹，"青莲逸翰"。"太白"两字，写得像"大大日"或"大二日"，这种奇趣，被人称道（印象里石壶就称道过）。但这种奇趣并不稀罕，列代书家、画家和诗人的落款经常是奇出怪样的。而"大大日"或"大二日"还是排列中的错觉，《上阳台帖》里，"千""老""台"这三字，结体用笔，仿佛"乘兴踏月"，"身在世外"。

李白这孤本让我想起杨凝式法书，在杨凝式笔下，往往艳遇。就是他的《韭花帖》，算规矩了吧，就是在这样神清气朗的规矩里，一些字的用笔与结体还是有种"不妥"——以致"不妥"能够成为一件作品的精神所在，最不可思议。

另外，李白《上阳台帖》与杨凝式《夏热帖》，好像是堂兄弟。

神仙起居法

蒲风猎猎，蜻蜓欲立，立不住似的，还是立住——这才自由。

夜读杨凝式《神仙起居法》，兀地想起宋人诗句："蒲风猎猎弄轻柔，欲立蜻蜓不自由。"立住就自由了，杨凝式立得住。

另外,"君看一叶舟,出没风波里",更可拿来做比——杨凝式一笔荡来,墨迹出没风波,看似如履薄冰,实在飞扬跋扈得很,飞扬跋扈得很。

名士门庭

名士门庭,自有一阵萧瑟之风。陆治的画就是如此。据说藏于美国大都会艺术博物馆的《种菊图(轴)》,秋意甚浓,笔墨清旷,虽说不是精品,但也匠心。陆治以支硎山为背景(画面上的山峰大都是平的,像磨刀石,故称为"硎";晋代的支遁平石为硎,故称为"支硎山"),画了他山中新居——新居像粒种子似的,落入深渊。因为是印刷品,我也看不清楚,到底是"种菊"呢还是"索菊种"?画上的款识有这一行字:"包山陆治为陶君索菊种赋赠"。

菊花送给姓陶的,就像杨梅是"君家果"一样妥帖。

陆治是文徵明学生,我有出蓝之感。文徵明的笔墨当然精良,但画面常在套路里,没多少即刻的感受。而陆治的绘画,往往有即刻的感受——这种即刻的感受,在宋人山水里山高水长,到了黄公望,也是隔代知音。黄公望之后,这种即刻的感受海枯石烂——画家们都在画经典的感受,所以此时的陆治尚能依稀仿佛,尤其难得。

支硎山在苏州西南,支遁坐此隐居,他的爱骑黑马,某日撒野,狂追一鹤,追到涧边,茫茫不见,黑马悻悻,低头饮水,忽然发现自己完全漂白——成云叶霜花一般的白马了。当然,这是扯淡。

写意画

非为万物立传——乃是宇宙用心——的（写意画）。

茉莉花

八大山人有幅小品，画的是茉莉花串。

我碰巧见到真迹，呀，画的是紫茉莉。以前一直以为是纯水墨呢，印刷得不够清晰，以致迈入赭石色界。

在这里，写上"朱耷有幅小品，画的是紫茉莉花串"，色彩艳丽些。

这茉莉花串佩戴于手腕呢，还是颈间？

《红楼梦》第三十八回：宝钗玩着一枝桂花，湘云招呼众人吃喝，探春她们闲看鸥鹭，"迎春又独在花阴下，拿着花针儿穿茉莉花"。

拿着个针儿，穿茉莉花，做成茉莉花串，大概是明清之际的女红了。

这样一想，再观八大山人的这幅小品，平日里孤峭冷僻的他，竟然也有了温温湿湿的脂粉味儿。

不管三七二十一，我有了好的故事：次早，天方明时，朱耷便披衣趿鞋，往她房中来了，她尚卧在衾内，一把青丝拖于枕畔，一幅桃红绸被只齐胸盖着，衬着那一弯雪白的膀子撂在被外，上面明显着一串紫茉莉花串。朱耷见了，叹道："睡觉还是不老实。回来风吹了，又嚷肩膀疼了。"一面说，一面轻轻地替她盖上。

八大山人就是怡红公子了。尘世的事，谁说得准呢？

八大山人生平资料流传绝少，所以我写本《八大山人传》或者《紫茉莉花串记》的话，大概会把他往情种里整。情种的内心，或许确实孤峭冷僻得紧。

技术

只有把公共技术发展与转化为个人技术之后——我们才能说："他是艺术家。"

九 段

蔬菜拼盘

董其昌的书法,出手多变,但万变不离其宗,就像吃着涮羊肉,点的蔬菜拼盘忽然端了上来,心里会喜悦的。

杨维桢的书法,徐渭的书法,傅山的书法,都是肉。杨维桢的书法是大排,徐渭的书法是五花肉,傅山的书法是坐臀肉。

董其昌的书法,肥沃处如大白菜菜心,细劲时像小葱。葱在某些宗教和场合也被视为荤腥,我这个比喻的意思就是董其昌的书法素里犹荤。

真正素食的是八大山人的书法和担当的书法。担当的书法一辈子不脱董其昌,但他比董其昌深情,也比董其昌干净。担当的书法仿佛小青菜,八大山人的书法是蒿子秆,是药芹。

说到深情,明清只有这两个画家最是一往情深,八大山人的深情看不懂;担当的深情,情深几许,我们也未必懂。

记忆中吴说一笔草是很吃素的,宛若满嘴藕丝。小时候坐在领袖像对面吃藕,呱嚓呱嚓,藕丝满嘴,真怕吃出个马克思。江南人不喜欢大胡子，说大胡子骚，所以又叫骚胡子。

空心菜

董其昌在苏州虎丘喝茶试用高丽纸一帖，我读数遍，有吃十斤空心菜之感。

我最爱空心菜，认作蔬中上品。

所以我炒空心菜尤妙，深情在焉。

尤物

董其昌题《伯远帖》的意思真好，他这么说，我有幸得见王珣墨迹，王珣墨迹也有幸没有湮灭而得见我。

在故宫看书画，是有这种感觉——感叹吧，因为有幸没有湮灭，不解风情之小毛丫头，花枝过河，尤物长成。

杰作是不会顺流而下的，它可以过河——时空之河，在河的那边等我们回到杰作的原点，所谓传世，大概就是这样传的——在原点上等，不折不扣。

董其昌最后说道："长安所逢墨迹，此为尤物。"

在另一处，董其昌又说王珣："东晋风流，宛然在眼。"丑陋的两晋因为王珣这些人物，以致出落得历朝历代中的尤物了。唉，其实最丑陋的是所谓的盛世之中却没有人物。

老杜小杜

董其昌有书杜甫的诗,书风诗风——书风是少妇,诗风是病翁,这也太意外。

建议董其昌如果喜欢抄抄弄弄古诗的话,抄弄杜牧比较稳妥。即使"折戟沉沙铁未销,自将磨洗认前朝",还是清新。

董其昌,的确清新。

周公瑾

董其昌所写颜字风格的楷书,让我觉得周公瑾就是这样的。

董其昌把颜真卿这个关公变成周公瑾,不远处站着小乔。

曹操急死了。

紫茄

紫茄子在画里不及白茄子好看,当然,也要看什么人画的。

据说《紫茄诗》行草长卷,董其昌落款纪年为"丙子三月望"(我收集到的图片不完整,没有这几个字),也即明崇祯九年(公元1636

年），董其昌已八十二岁高龄，并于这一年的十一月份去世。

我总觉得这一天下雪，紫茄子都变白茄子。

题画句子

"海风吹不断，江月照还生"，后来，董其昌把"生"字点掉，改为"空"。

一本册页，董其昌题画句子。

我觉得还是"生"好。

古人曰："笔意喜生。"

生来就是一个不听话的，不驯服的，这很重要；生来不逊——这是上苍给艺术家体己的才华。

十竹斋

我第一次见到董其昌书法，是十九岁，是三十年前——在南京十竹斋，一条幅，上书《黄鹤楼》中两句："晴川历历汉阳树，芳草萋萋鹦鹉洲。"

在南京街头看惯武中奇捎枪竖棒，突然见到董其昌的字，心里有种不小感动：这才说得上六朝古都。哈哈，我够少年老成的吧。

三味

画画画画,第一要紧是考究品味,第二要紧是讲究趣味,第三要紧是探究意味。

只有到达探究意味这个层面,才算好画家。另外,你要放弃雄辩、野心——雄辩的野心,你要勇敢、坚决地含糊其词,这样,你的作品才会宽广。

董其昌说:"这随笔写得太拗(ào)口了,但他执拗(niù)不改,气得我把笔杆都拗(ǎo)断了。"

拗(ào)!拗(niù)!拗(ǎo)!三味——三味。

五　世

一言以蔽之：用笔即用锋。

善用锋者，诸病不生。

为什么经典一直讲究用锋呢？因为只有用锋，率直浅浮拖曳之笔就不会出现。

用笔也是心态，故有"五世"。入世的用笔，出世的用笔，用世的用笔，玩世的用笔，混世的用笔。

笔墨不须说，说出是非多，其实无对错，临纸才会有。

章法两种——绝句式的章法（起承转合。如杜甫"手种桃李非无主，野老墙低还似家。恰似春风相欺得，夜来吹折数枝花"。）；古诗式的章法（神出鬼没。如李白"弃我去者，昨日之日不可留。乱我心者，今日之日多烦忧。长风万里送秋雁，对此可以酣高楼。蓬莱文章建安骨，中间小谢又清发。俱怀逸兴壮思飞,欲上青天揽明月。抽刀断水水更流,举杯消愁愁更愁。人生在世不称意,明朝散发弄扁舟"。)。本无高下,实有变化。传统水墨中还是绝句式的章法较为常见。

(宋代毛松画《猿》,嘴唇一笔完成,肉感,嚅动——比人还灵性。毛松,一说昆山人。溥儒:"古人画猿不画猴者,猴躁而猿静。")

(溥儒:"画水之法,转笔为波,折笔为浪。折,刚也;转,柔也。")

石涛的画里,或者说笔墨的运行之中,经常有愉悦心,偶尔有幽默感。有时通过造型体现。

康有为书法能"振衣千仞冈",却不能穿针引线,终归粗制。

孙艾《蚕桑图》《木棉图》

我很喜欢孙艾《蚕桑图》，想起祖母。祖母告诉过我，她那时候养蚕，就是放养的，蚕匾搬入桑园，放到树下，蚕自己会爬到树上吃桑叶。这样吃桑叶吃大的蚕，吐出的丝厚实；摘来桑叶喂大的蚕，也就是说"圈养"的蚕，丝的品质就不如放养的。

由此看来孙艾的这幅画是写生，传递给我们明代苏州地区的蚕桑之事。

记得我曾经把我祖母的养蚕故事，孙艾的《蚕桑图》，改头换面，在一首诗中互证，"黛瓦一片片弄草桥而去"，"长江下游自残之茧"，当然，不是很好懂，我也拒绝明白，"诗不在乎"。

我祖母说，蚕在树上吃桑叶，她就拿一根竹竿在桑园里走来走去，不让鸟靠近。鸟爱吃蚕。

孙艾，字世节，自号西川翁，江苏常熟人，生卒年月不详……。
孙艾生平，写出来，三四十字。

一个人的生平在三四十字之内，会有一种"计白当黑"的美感。

我们要挣到能够虚度光阴的本钱。

《木棉图》上有沈周这样的题词：

> 世节生纸写生，前人亦少为之。甚得舜举天机流动之妙。观其蚕桑、木棉二纸，尤可骇瞩，且非泛泛草木所比，盖寓意用世。世节读书负用，于是乎亦可见矣。弘治新元中秋日，沈周志。

"甚得舜举天机流动之妙"，孙艾的这两幅画，直观的确与钱选相仿。但章法还是沈周的，或者说明朝人的"直白"之处。同样画折枝，明朝人比元朝人"直白"，这种"直白"更多是在章法上流露出的。前年我琢磨过这事，没有头绪。

钱选的花卉从北宋院体画来，他做出一个贡献，就是把这院体画给私塾化了。我以前把钱选的画相对"院体画"而言，叫"私塾画"。

而一个私塾先生总会带出若干徒子徒孙的，不是吗？

孙艾的这两幅画，一幅《蚕桑图》，一幅《木棉图》，都与穿着——也就是遮蔽有关，想来孙艾平日比较拘礼，家居也端庄，衣冠楚楚，一丝不苟。这种胡思乱想是有趣的。他或许有"裸体恐惧症"，我总觉得他做爱的时候也不敢脱衣服。这种胡思乱想太过了，得罪。

艺术中要有"不敢"，这艺术才微妙。

犹如在夏夜没有灯火的弄堂里听鬼故事

枯坐灯下，朦朦胧胧，忽然有个念头闯入：

"有没有八大山人这个人？"

这个念头吓我一跳。

荷马被怀疑过，有没有荷马这个人？莎士比亚被怀疑过，有没有莎士比亚这个人？李白尽管没有被怀疑到有没有李白这个人，但他的身世也够扑朔迷离。

那天在灯下瞎想一阵，就拿出八大山人画册来看。其中一些原作过去看过，我的经验是大师作品还是原作精彩，这句废话，为了引出下面一句话：平庸画家作品常常是印刷品比原作好。这就是我的经验了。大师作品中的伟大气息印刷品无法传递，平庸画家作品中的点滴小聪明印刷品倒极容易保留。我也没想过什么道理，只认为印刷技术的确为人类文化传播作出莫大贡献，但这并不能掩盖它本质的贫乏。贫乏是平庸基础。

八大山人的原作，明眸皓齿，元气淋漓。如果把中国水墨拟人化，我拟过多次,现在觉得"明眸皓齿"是较能传达出某些精神的,还不仅仅立足明眸当然是黑的、皓齿当然是白的声色之上。

两厚本八大山人画册,收录绘画书法,有几百幅。到底有几百幅,我也从没点过。读八大山人画册,虽说读过数十回,但每次还是有所期待。

有的画家作品,比如董其昌吧,像与人闲聊,有一句没一句,身闲之极。读董其昌画册,我有时溜上几眼,只看个局部,就很满足。阅读是有多种状态的,这两种较为极端:一种"蜻蜓点水";一种"痛打落水狗"。读董其昌是前一种,而读八大山人,还真有点"痛打落水狗"味道。这个比喻不太好,容易让对我文章只溜几眼的人发生误会,以为我说八大山人是条落水狗。尽管落水狗没有什么不好——狗一落水,十分苍凉,又遭到痛打,就更悲怆了,简直是命运戕害之象征。但我还是要换一个比喻:犹如在夏夜没有灯火的弄堂里听鬼故事。

八大山人动物,猫画得最好。好像在我们中国画分类里,鱼呀鸟呀,鸡呀鸭呀,都划到花鸟中去了。他画的鹰、鹿,都不怎么样。尤其是鹿。我想这是八大山人应酬之作。吕洞宾都要应酬,何况山人。人的一生总是有许多应酬的,应酬没什么不好,应酬之作中也有杰作。"桃花潭水深千尺,不及汪伦送我情",就是应酬之作。中国的文学艺术,本质上是世俗的文学、世俗的艺术,一言以蔽之:为人情世故的文学艺术。用来应酬,当然方便。如果一位诗人或者画家说他平生没有应酬之作,那么也就是说这个诗人或者画家光剩下世故。有人情的世故,是活人的世故;没有人情的世故,是僵尸的世故。如果一位诗人或者画家说他平生全是应酬之作,那么也就是说这个诗人或者画家光剩下人情,这可能更可怕。我说八大山人的鹿是应酬之作,也是相对于他的其他作品而言。这几头鹿,让现在画家来画,别说"痛打",就是打死也是画不出的,因为气息还是好。即使俗气,也分三六九等。

八大山人山水，其实是种氛围，有一只手把你往里拉，拉你进去了，他也就不管你了，你东张张西望望，有时会觉得差不多。氛围性的文学艺术作品通病就是——"有时会觉得差不多"。

我，最爱，八大山人花鸟，它是一种精神，它是一种精神性作品，把你往里拉，又把你朝外推，拉拉推推，推推拉拉，上下左右，左右上下，他元气淋漓，我们大汗淋漓，淋漓尽致之后，上下通坦，左右通明。历来如此，氛围性的文学艺术作品总是很多，精神性的文学艺术作品总是很少。

这两厚本八大山人画册中，在我看来也有赝品，但问题不大，因为我想说赝品中也有杰作。举个诗歌例子，"红豆生南国"和"清明时节雨纷纷"这两首诗，现在可以确定不是王维和杜牧作品，但你硬要说它不是，不就有点煞风景吗？大师开了风气，在这种风气内的文学艺术作品，即使全算在大师名下，我看也是无妨。大师就像座作坊，学徒们玩得开心。

艺术家被人作伪，在中国，大抵可以说这位艺术家成功了。艺术家要达到这一步并不困难，困难的是要让人怀疑，真有这一位艺术家吗？比如荷马，比如莎士比亚。他们超凡脱俗，以至超出我们想象。

灯下瞎想着有没有八大山人的时候，是有趣的，一旦写下，觉得原来落到这个套路：

> 这位婆娘不是人，
> 原来仙女下凡尘；
> 儿孙个个皆为贼，
> 偷得蟠桃奉至亲。

也就无趣。

月亮冒雨而来 | 115

但我还想说的是——没有八大山人这个人，只有八大山人这尊神。八大山人是水墨之神。

画册里还夹了一张纸条，忘记何时随笔，摘抄如下，以为纪念：

凡艺术往往能新不能旧，能旧不能新，而八大山人既新还旧，既旧还新。

读八大山人绘画：月黑风高，院门紧闭，忽然有个白影从书斋窗口飘过，胆小的吃了一惊，胆大的就跟了过去。

看来我在前面说"犹如在夏夜没有灯火的弄堂里听鬼故事"，不是即兴，是我早有想法。神有时候会装出个鬼样逗我们玩，否则也就没有我们的疑神疑鬼了。

礼　让

一番礼让，中国书画的微妙全在这里。

而不是肉搏、野战与虐恋。

有时候在城外设置迷魂阵，但明白人看来，礼让永远是中国书画不露声色的激情。

小王山

小王山的摩崖石刻，不是我想象中的那样，镌于山头峰头，仿佛一幅中堂高挂。它好像博物馆展出的手卷和册页，平铺在玻璃柜里。

也就是说，我以前观瞻摩崖石刻，脑袋要竖起，一如童年坐在空空荡荡的客厅里望着墙上的挂钟发呆；而在小王山中，眼光是俯视的，捡拾的，宛若约会在界河之侧，不时地看看手表。

下午。一点二十八分。阳光从摩崖边缘的树脚渗透，在石刻上形成似乎抖动的光屏——小王山的空气是丝的，石头是白的。

说来惭愧，当然，也没什么好惭愧，只是我这个年近五十的苏州人，居然要到二〇一一年十一月某日，第一次拜访小王山。

听说是早听说的。三十年前，有位小说家告诉我，星期天，他骑自行车来到这里，"世外桃源，世外桃源，"小说家连连说道，"比世外桃源还要混沌，一个人在山中寻访，有盘古刚开了天地之感。"

最后，他说，"就是肚皮饿煞，没有饭店。"

这一回来小王山,是前些日子漫游花山,其摩崖石刻不少,同行者说小王山更多,于是就有了"苏州拜石"的念头。当时我说,"深秋访碑,如何?"后来想想不妥。古画绘有跨着毛驴访碑的高人,而我对金石学是个十足的门外汉,如何访碑?不妨"苏州拜石"吧,在苏州四周的山中乱走,看到石刻,果然欢喜,就是看不到,也欢喜的。可以看石头啊。所以"苏州拜石"的"石",既是"石刻"的"石",也是"石头"的"石"。

公路上不见标识小王山的路牌,我们走了几段弯路。在一路口,一大片荒草金黄,我想是野餐的好地方呢。向人打听,第一个人不知道,第二个人朝右面一指,我们穿过窄缝中的村子,芙蓉花开得白白红红,像煞有介事。

粉墙上缠绵……又阐明的"屋漏痕"。

又找不到路了。村里的代销店门口,几位老人打扑克,一位老人站起,一边说"我出老K",一边指点迷津。

最后来到小王山,觉得蛮好,因为只有这一行人马,除了我们的吵闹,此地无声。

小金姑娘带我们游山,她是景区工作人员,安安静静,话语不多,但很到位。游罢喝茶,负责这座山的吴先生来看我,他说,"小金的曾祖父保护了这些石刻。"

原来有五百多块摩崖石刻,现在只剩一百零六块。

小王山石质酥松,撬一下就是一大块,当地人造房子搭猪圈,"是的,你得一点一点地收集旧材料,用之于一个崭新的建筑物之中",就去山上取石头。

我看到章炳麟手书的大片篆文，目前残存若干。想象当初被撬了去搭猪圈，而猪何其幸，从一堆庸俗不堪的肥肉进化为一头学术猪——在石刻的片言只语寻章摘句背后，用太炎先生孤傲且古奥的笔法之眼神悲哀地望着漫山遍野的"万岁"。"万岁"是一种草本植物的别名，学名乃大家都知道的"江南卷柏"。

小金的曾祖父，用他一个人的力量，保护这些石刻，劝阻，纠纷，他被人打，据说也打人。

小王山的摩崖石刻始于民国时期李根源隐居期间，具体哪一年，我不清楚。李根源聘请两位石匠为他刻石，工钱一天四角。两位石匠跟随他十年。这是小王山摩崖石刻的特点，除了书家可考，刻手也留名。两位石匠一是顾复兴，一是柳桂香。

顾复兴是白马涧人，柳桂香，我不清楚。

小王山摩崖石刻的另一特点是时间相对集中，它可以说是民国名人谱。

李根源对乡民很好，办小学，建公共浴室（一次可以同时让三四十个人洗澡）。但人大概并不是知恩图报的动物，如果缺乏教育，如果困于贫穷……几十年之后，李根源用一生心血营造的小王山摩崖石刻，几乎毁于一旦。

这几年把小王山圈起来，终究是件好事。因为小王山摩崖石刻有它的特殊性，"它好像博物馆展出的手卷和册页，平铺在玻璃柜里"。但天地之间并没有这样的玻璃柜，所以它难免遭到践踏——游客一脚踩上摩崖石刻。

那天，我对小金姑娘说，"石刻周边种植绣墩不佳，欠自然，太做作。不如让它杂草丛生，一是有野趣，一也起到栅栏的作用。长得过高的、影响视线的杂草，修修短就可以了。"

小金姑娘心领神会地一笑。

陪我游小王山者八人也，四位先生，四位女士，女士优先一记，为小周、小王、小车与小蒯。是日风和日丽，初冬天气恍如暮春光景，草坪上的海棠果携带两头，随时单独与内心与外面碰头。

东山雕花楼饮食记

东山常来，雕花楼我却只去过两趟。上趟差不多二十五六年前，汽车直接开到雕花楼下，那时年轻单一，偏激又省力用个"俗"字概括、度量与否决物事，那时欣赏不了雕花楼。

近日重游，觉得雕花楼的好，好就好在其俗，俗也是品位，所谓俗出品位，俗也有等级，所谓俗到高级，亦不容易。雅俗一事，未必能够共赏，只要河水不犯井水，能俗到无伤大雅，大雅与之相较，俗，或许更难。

中国传统审美，大致有四种趣味，俗部：皇家趣味，市井趣味，商贾趣味；雅部：士夫趣味。俗部雅部，齐头并进之际，相爱相杀。传说中的第一座私家园林，汉朝大商人所为，画梁雕栋，琳琅满目，我的想象之中，雕花楼是它的局部，是它的缩小版吧。或者这么说，雕花楼是近代商贾趣味的集大成者。

这个头开得像写论文，而随笔一般这样开头：

癸卯春日，友人约在雕花楼夜饮，我下午就到那里，一为看花，梅花欲谢不谢，玉兰含苞待放；二为雕花楼重游。站在二楼过道转角处，近距离看着砖细，心想精雕细刻能到极致，技术能到极致，就是观念，与灵魂。

于是下楼喝茶聊天，等吃晚饭。

晚饭在雕花楼食府水榭，池塘一角，有棵红梅像把扫帚凌空而起，有种江南风景中不多的幽默感，而太阳落山，傍晚料峭，你我不能在梅花树下忆当年了。

吃得太好，睡不着，凌晨看看微信，我就顺手发个朋友圈：

春在楼，俗称雕花楼……说说雕花楼的菜，干干净净，清清爽爽，多用东山本地食材烹饪，夜宴水榭，遥看影梅，不见有庵，桌上痴人，亦无忆语，大伙儿埋头，牛羊一样细嚼慢咽，也是美事。附上菜单备忘：

迎宾春韵八彩碟
沉香松茸鸽蛋草鸡盅
碧螺手剥虾仁
明炉翅汤鳜鱼片
慈姑红煨老鸭
毛豆子蒸臭干
大蒜叶炒鳝背

油焖笋砂锅红烧肉

香椿煎蛋拼盐焗螺蛳

香芹菜炒干丝

水煮肥肠肚尖

香焗生态鲢鱼头

清炒菜茧

雕花楼韭黄春包

雕花楼馄饨、老汤面

餐后水果盘

每一次饮食都是追忆,此刻,我就追忆一下昨晚美味。

八彩碟,八只冷盘,印象最深,青鱼冻!青鱼切丁,雪菜成末("末"如用"沫",虽然错别字,却有趣),和光同尘,与时舒卷在白汤鱼冻里,白汤传神,雪菜末更是点睛之笔,是我近十年吃到的上乘鱼冻。刚上桌之际,一眼望去,以为是童年糖果,这糖果名字,就在嘴边,就是说不上来,多少有些接近美味的意味,就像你要我形容美味,形容词在嘴边,就是说不上来,那就说句酸溜溜的话吧,美味如诗,不许一句说破。

那就不说了。

第一道热菜沉香松茸鸽蛋草鸡盅,视觉上十分淡雅,但松茸个性强烈,遮蔽沉香,沉香只得韬光养晦,我辈不易觉察。这道菜拿掉松茸也成立,沉香鸽蛋草鸡盅,做个减法,身无挂碍。当然厨师有厨师想法,食客应该知足,不要添乱。

第二道热菜碧螺手剥虾仁,看上去仿佛湖畔春色,色即是空,空吃一口(空吃,术语,指不蘸作料),舌上静悄悄生出一股细甜,陌上花开,以致我不舍得调醋了。虾仁如此鲜洁,真是食材为大,情况常常这样,非厨师一代不如一代,而食材一代不如一代,难免有巧媳妇之叹。

第三道热菜明炉翅汤鳜鱼片,我没吃,虽然我是苏州人,却不喜欢吃鱼。所以刚才这么赞美青鱼冻,自己都没想到。

第四道热菜慈姑红煨老鸭,慈姑烧肉,老生常谈,而慈姑红煨老鸭,可以看作养肺的药膳,这药好吃,人间万事如药,只是要自己知道自己的病,我病在话多,要吃哑药。

哦哦嗷嗷呷呷呀呀,再这样写,流水账了,挑一个我平生第一次吃到的菜说说,盐焗螺蛳。我以为就我平生第一次吃到盐焗螺蛳,发个朋友圈,很多人也是惊奇惊艳。清明前的螺蛳,简称"明蛳",出不出高徒不知道,但最为时令,通常吃法约为五种:酱爆,红烧,清炒,糟蒸,上汤。盐焗真是创意,像一幅画,崇山峻岭之间飘荡着轻微白云。

螺蛳青绿的崇山峻岭之间飘荡着吴盐呢喃的轻微白云,远上寒山石径斜,白云生处有人家,人家都在吃饭,独我想写随笔,真是多事。

东山乃物产丰饶之地,上面所附菜单,如果增加卖相,都可以加上"本地"两字:沉香松茸鸽蛋本地草鸡盅,本地碧螺手剥本地虾仁,明炉翅汤本地鳜鱼片,本地慈姑红煨本地老鸭,本地毛豆子蒸本地臭干,本地大蒜叶炒本地鳝背,油焖本地笋砂锅红烧本地肉,本地香椿煎本地蛋拼盐焗本地螺蛳，本地香芹菜炒本地干丝，水煮本地肥肠本地肚尖，香焗本地生态鲢鱼头，清炒本地菜茁……

菜单上菜茁的"茁"，别有洞天，青菜抽薹开花，不也似破茧而出？至于菜茁的"茁"，到底怎么写法？我也不知道，我有两个猜想：

一写作"菅"，喻其尖长；一写作"芥"，它已变音，喻其纤细，与草芥的"芥"同义，可能写作"芥"，更有出处。

昨晚学到个冷知识，据说本地有句话："留客馄饨送客面"，主人席间请吃馄饨，表示客人可以留下，请吃面，表示客人该回家了。

我吃到的是馄饨，我在雕花楼宾馆住了一宿。

附录：

凌晨我在朋友圈说了句"大伙儿埋头，牛羊一样细嚼慢咽"，有人不解，以为我在调侃什么，现在补充说明——三十年前我在北方游荡，不时在村里见到吃着干草的牛羊，它们细嚼慢咽，有种庄严相，不免感动——原来饮食是这么庄严的事，我怠慢了。

脱莱

近来发痴，决定把《草书大字典》三卷背出，真是很头昏脑涨的事，中间作为调剂，就读与草书有关作者的著作。黄庭坚题跋，我以前并不嗜好，这回阅读，却有十分亲切。

黄庭坚《跋刘梦得淮阴行》曰：

《淮阴行》，情调殊丽，语气尤稳切。白乐天、元微之为之，皆不入此律也。唯"无耐脱莱时"不可解，当待博物洽闻者说也。

"脱莱"两字，我印象里毛晋已作校正，是"晚来"两字的传抄错误。是毛晋说的吧？这印象到底对不对，也当待博物洽闻者说也。

"晚来"似乎"脱莱"，结果还是"晚来"，如观草书。

唐张怀瓘《书断》评张芝草书,"拔茅连茹""悬猿饮涧"。

旧人评说张旭怀素,有"张草善肥,素草善瘦"之说。

字字欲仙,笔笔飞动。

杨宾《大瓢偶笔》:"八大山人虽指不甚实,而锋中肘悬,有钟王气。"周作人说读杨宾的文章,好像在读黄庭坚的一部分题跋。

草书:想象力的乐园。

草书难在从容。

我对草书心向往之的境界,是一个人物形象:晏小山平生不肯依傍权贵,文章自立规模。

祖　先

昨夜，我向祖先请教草虫画法。

祖先示意秘诀，他一口典重的古吴语，我听来有些费劲。

秘诀就两个字，依据读音，可以记成"确实"，也可以记成"曲直"。

画草虫一要"确实"，有名有姓；一要"曲直"，不能僵硬。

笔法说

笔法即手法，去落实这手法的常常会具体到腕法——此处可有个详细，但要言传，也只能像侥幸。俗话说的篆隶楷草行，这五体，就是五种不同的笔法，也就是变化莫测的手法。篆体手法最单纯；隶体开始变复杂；草体相对隶体而言，手法反而少些，草体的手法更接近篆体；楷体把复杂程式化；五体里，行体最为复杂，复杂的手法依赖的是丰富的心灵水一样流动。历史上，这三个朝代的行体最多端：东晋、北宋、晚明。

"元四家"说

法度越深,笔墨越松。前几天看宋人山水有感。

宋代画论中的关键词是"理"。
元代画论中的关键词是"意"。

元代绘画之前的绘画——它的细节是形的细节。到了元代,尤其"元四家",绘画中的细节在于笔墨的组织上。这个变化了不得,让中国画成为真正的中国画。这是大觉悟。

"元四家"的线条都很磊落大方。

"元四家"的线条真讲究,一笔下去忽枯忽湿忽浓忽淡,神龙见首不见尾,他们是有数的,我们莫测端倪。在艺术上作者越讲究,读者越莫测端倪。

（一幅画中要有一些没有描绘功能的笔触。我这想法，居然德勒兹也想到了，他评论培根绘画时也有大致说法，见《感觉的逻辑》。）

"元四家"最会用水——有水才有笔墨。

"元四家"画画，不像前辈画家那么叙事了，怎么不叙事了？我也不知。只觉得他们有些抒情。

"元四家"画画，从再现到表现。

一点一线不论大小长短，出手皆要有虚实。悟此方知黄公望《富春山居图》的妙处。《富春山居图》是笔墨大全。

内在之虚实决定点线之状，一笔下去，半梦半醒。

（黄公望可以说皴而不擦，出处见锋。倪云林略有擦笔，常常与染组合，所以滋润。董其昌与八大山人擦笔多了，难免气息薄了一点。）

"险韵萧萧人品系，篆籀浑浑书法俱。"——倪云林的这两句，把文人画给道尽了。

倪云林还写过这样的句子："到如今世事难说，天地间不见一个英雄，不见一个豪杰。"

吴镇："咫尺分浓澹，高深见渺茫（《子久为危太仆画》）。"

吴镇:"云林点笔染秋山,往道荆关今又还。别去相思无可记,开缄时见墨纤纤(《次云林韵题耕云东轩读易图三首》)。"

"忧倾倒,系浮沉,事事从轻不要深(吴镇)",笔法也;"动一动有差有别,不动一动也是胡作乱做(吴镇)",笔法也。

"以虚静推于天地,通于万物(庄子《天道》)"——道家的笔墨就轻避重。细细玩味一个"推"字,好像才坐不久,就有人喊吃午饭了。儒家的笔墨就重避轻。释家的笔墨迅猛挥洒(可说禅宗画的最大特点),"顿悟"两字。

白又白

水墨妙处的确在留白这里,白又白,白之又白,众妙之门。

古意在留白处,笔墨在留白处,格调在留白处,怀抱在留白处……八大山人或许是深解其味的。我不求甚解。

八大山人之前,元人是真明白留白的。

八大山人之后,画面越来越满。除了黄宾虹,他是真天才,以黑为白。而整体说来劣迹斑斑,变本加厉,画脉几断。

一平尺也好,丈二匹也好,对纸上的空白,不应明留,而是暗留。

或者让空白占有我们。

不常常

一根线头出来,技术好到中锋能够多变,就可以放弃偏锋。为什么需要偏锋介入,因为技术没有那么好,就只能通过偏锋求变。中锋为常常,偏锋是不常常。杨维桢偏锋处理得像说书先生里的高手,知道什么时候一拍醒堂木。王铎也有这个意思。

痛苦人出语轻盈、华丽——王羲之的书法耐看在这里。

相比王羲之用笔,王献之用笔流利——从而失却不少细节。中国书法史,就是用笔细节不断伤逝的历史。

张旭《古诗四帖》,用笔拖泥带水,结体油腔滑调,非真迹也。

怀素草书圆形,黄庭坚草书多边形,祝允明草书横行,董其昌草书纵向,林散之草书平的——横平竖直……只有张旭不拘形迹,故张旭书品最高。

字要写到意外——不可思议对艺术总是好的。

李迪《白芙蓉》，放大了看，笔笔写出，写如唱——程砚秋的唱。描笔，拖笔，划笔，等等如喊。

担当《三笑图》中人物衣纹，就比罗聘高级，罗聘是刻画，担当是书写。什么是书写？每一笔中自有结构（轻重缓急、抑扬顿挫是每一笔中潜伏的结构）。

写——行笔要有一定的畅达：才能保证笔势的生长性。

写意画有漫画味道，品就不高。丁衍庸的大部分画，王敬恒的小部分画，皆坐此病。八大山人的花鸟十分夸张，但不是漫画。

哈　哈

"此中神会,全在不似。"雁荡山居,悟得八字。

当初脱口而出,大吃一惊,白石老子的"似与不似"、宾虹老子的"不似之似",在此皆输我车前小子一步,哈哈。

卖肉的与卖兰花的坐在一起

董其昌的行书,恽寿平的没骨花,在我看来,其中总有一种精神相仿佛,说是"秀润"吧,"秀润"两字又不能道尽。

恽寿平的没骨花写生,是行书,不是楷书。他一笔带过枝枝节节——省略了不少笔画。

恽寿平的没骨花写生,还是写意,后学者不从"写意"着眼,砚田耕穿,终究领略不到南田妙处。

林良的画与恽寿平的没骨花相比,就像卖肉的与卖兰花的坐在一起。林良功在大写意花鸟画的早期建设上,品格不高。也许我太过了,总说林良画面恶劣。

恽寿平曰:"神明既尽,古趣亦忘。"言下之意莫非"只要神明在,古趣自不忘"?

恽寿平笔下有"笔思",董其昌的行书也有"笔思","笔思"两字,莫失莫忘。

"笔思"——用笔狂肆笔无思,用笔甜熟笔亦无思。"笔思"在狂肆甜熟之外。

恽寿平之后,花鸟画越画越纵横了,或者越画越拘泥了,习气弥漫。

用笔法与笔法是两回事。近人启功知用笔法而不知笔法;恽寿平知用笔法亦知笔法,却不知结体。傅山曰"一字有一字的天",这是结体之法。

"笔思",得笔思者得水墨。

昨天大风

黄宾虹的"笔墨观"——"五笔七墨"——总结起来,大概也就是两句话:

"起要锋,转有波澜,收笔须提得起。"

"墨华鲜美,亦如永远不见其干者。"

昨天大风,傍晚真大;感冒,疲惫;晚饭后早早上床,忽然睡不着。胡思乱想:

"平""圆""重""留""变"——是五种线条形态,也可以化在一根线条里,同时呈现。

用一根线条表达这五种形态,这一根线条之"气"涵摄五种"力":"平""圆""重""留""变"是五种运动的力量。

"八面出锋"的意思是不管毛笔侧在哪一边,都要用锋行笔。

"气韵生动"是生而有之的,"骨法用笔"是学而有之的。

"六法"是六种学画方法。每个人的天赋不同,不能"气韵生动",那就"骨法用笔";不能"骨法用笔",那就"应物象形";不能"应物象形",那就"随类赋彩"……你总有一能吧。但其中的品级是摆在那里的,不可不知,不可颠覆。

徐渭的精品里都有舒畅感,笔墨舒畅,章法舒畅,所以他有他特有的宽阔。

用笔的时候,觉得腕底舒畅,线条自己会生长似的——这感觉就对了。

徐渭博大;八大山人精深。

在英国梦游

风格：愉快地，疲倦地，中断地

从飞机上望下去，伦敦像一张没画好的地图。纸太小了，画到了外面。青灰色，青灰色，绿色。

海德公园是绿色的，胖乎乎的，大橡树下的草坪，一块晃动的、下沉的黑斑。有人坐在远处，穿着白衬衫。后来看到是两个人。他们隔着衣服就到高潮。小说可以这么写，而出现在散文之中，就显得过于武断。但我的确感到我身体外面的冲动，这冲动是海德公园的，潜伏在空空荡荡的下午。下午对于我来讲，从来都是被时间丢下的一块，没有花朵，贸易公司里的肃静，只有印度是吵吵闹闹的，红茶，雪茄，晃动，很多的晃动，下沉，没有色彩。绿色的海德公园是没有色彩的，只有胖乎乎的味道，有点酸，有点咸。我把海德公园烤熟吃掉，为了帮助消化，我说了个笑话。我说，你们是职业磨唇者。我没觉得有什么好笑，为了继续帮助消化，刚才我把海德公园烤熟了吃掉，现在我沿着海德公园里的河流前行。

几个比较性感的女白人在那里滑旱冰，她们有点姿色，因为她们是中学生。女白人最美的阶段是在读中学的时候,到了大学,什么都大了。索性再老一点,倒又有了色姿。姿乃水淋淋,色为黏糊糊,它在不同的年龄段调制,我说冰激凌,比例不一样,一个是姿色,一个是色姿,口感当然也就不一样。

风景没什么好看,风景中的女人值得一看,尤其是风景中的沿着河流滑旱冰的女人,碰巧看到她们摔倒,她们就像受伤的铅笔盒砰地打开铅笔橡皮三角尺圆规掉了一地。她们更像遭到虐待的小动物。珍妮·古道尔(1934—)在《小册子》里说:"我想人类可能有点可怕,虐待动物,不愿意把动物想得也有思想,也有感情,也有个性。"不仅仅虐待动物,海德公园也被虐待过了。

紫色阴影里的女王学院,这紫色接近于秘密知识,是后来才有的形容。我总是迟到一步——长廊中行走的麻布,钟上的金针,一切静悄悄。知识是个墓穴,盗墓者四散在剑桥的小巷里,疲倦,欲望,疲倦地,欲望地,拿着铲子。英国的啤酒很好喝,我肆无忌惮地走了进去,木门很重,推了半天才往后退开。

英国的啤酒很好喝,我肆无忌惮地走了进去,挑了只最黑暗的位置坐下,那是一张沙发。超市里啤酒的价钱不比酒吧便宜,酒吧里人不多,窗外的天空又暗又蓝,沉甸甸,孤独的屋顶。我第一次觉得孤独作为品质在这里是如此平庸,小镇上的人很孤独,因为都只有一副平庸的嘴脸。他们对我惊奇,但不警觉;他们对我友好,但不热情。和中国的乡村大不一样,中国的乡村不是警觉就是热情,我在中国的乡村漫游,常常有无所适从的尴尬。但中国的乡村不平庸,它或许贫穷,它或许愚昧,就是不平庸。这个小镇属于威尔士,汽车驰入的时候,已是傍晚了。我和妻子在旅馆里洗洗脸,喝杯咖啡。是我一个人喝了杯咖啡，我能入乡随俗，喝咖啡就喝咖啡——加了点糖，这袋装砂糖很好玩，用牛皮纸包着，上面单色印着切·格瓦拉。居然是切·格瓦拉，有印成红的；有印成绿的；有印成黄的；有印成黑的；有印成说不出的颜色的。我想对古巴的经济制裁还没有结束，我在威尔士的一个小镇上用印着切·格瓦拉头像的砂糖调入咖啡，心里顿时袅袅升起享受的愉快。"这是走私来的吧？"愉快地，愉快地，农业品走私还是工业品走私？砂糖到底是算农业品呢还是算工业品？文化走私还是政治走私？砂糖到底是算文化呢还是算政治？砂糖作为食物很甜，即使调入咖啡，也能吃到它的甜味——砂糖有些固执地从咖啡里伸出，手里抓着把不被融化的白骨。"我要用你的睫毛做一把刷子。"这砂糖可能并不是古巴产的，因为并不是只有古巴才产砂糖。想想也是。妻子坚决不喝咖啡，她坚持要泡一杯绿茶。打开行李，取出茶叶罐，茶叶罐是纸质的，上面彩印着几个中国古人，长风宽袍，架着只茶铫在竹子中煮茗。喝完咖啡饮罢茶，就去小镇上兜圈。已是五月天气，却还清凉。甚至有点荒凉。

威尔士人一讲话，嘴里会冒出许多小卷须，像一条条喷火的飞龙，啪地，掉在地上。

晚饭后，我走进楼下酒吧，要了杯威尔士出产的啤酒。酒保说比英格兰的啤酒好，猛烈。我喝一口，向他竖竖大拇指。要第二杯的时候，他就多给我一截。两个人进来，在我前面的桌子上坐下，一个人开始脱外套，只穿一件汗背心，我欣赏着他身上的文身，文的竟然是龙，中国龙，一瞬间我以为坐在北京通州仲夏夜街边的小酒馆里了。"老板娘，上一盘凤爪。"游龙戏凤，龙凤吉祥。欣赏完他的文身，我又欣赏他的耳环。他喝杯粉红的饮料，用根吸管吃奶般地咂着。他对面的他，喝着啤酒——威尔士啤酒，威尔士啤酒有一头金发，而他的头发却是黑的，像意大利人。他这样的长相，我后来在伦敦的罗马市场又见到过几个。

吧台上一对恋人在用一只杯子喝酒,他时不时地抚摸她的肩膀、手臂、背、腰、臀。她的臀美观起来了。不像刚才,刚才她一坐下的时候,臀有点蠢。刚才她一坐下的时候,臀汉堡包似的,夹了过多的西红柿、菜叶和火腿,抓都抓不紧,乱七八糟地要爆炸。我总觉得汉堡包是一种愚蠢的食物,如果不愚蠢的话,那么吃汉堡包的样子是愚蠢的。在中国食物里,鱼头是一种愚蠢的食物,如果不愚蠢的话,那么啃鱼头的样子是愚蠢的。还有鸭头。还有鹅头。还有鸡头。还有猪头。我一直搞不明白,《清稗类钞》中说扬州"焖猪头"法海寺最为著名,和尚怎么能烹荤品,这是和尚闹革命?我从海德公园出来,在附近的酒吧里稍坐片刻,等待着英国工人的革命。今天是五月一日,英国的地铁工人反对地铁私有化,照例会罢工,游行。牛津街上都是警察,而骑警埋伏在海德公园里。他们两个两个一组,每隔半小时集合一起,队长说上几句话,然后又两个两个骑走了。我和骑警合了个影,有个女骑警真漂亮,制服和武装带把她的肩膀、手臂、背、腰、臀和盘托出。她跨在大洋马上从我对面骑来,乳房亲切动人,仿佛搁在盘子里的番石榴,由于我观望的角度关系,这两只番石榴和而不同。红花还要绿叶扶,不知道是不是制服的缘故,我发现中国的警察队伍里也有不少美女——比其他的职业要多——终于让我们这些纳税人对国家工具有了些审美意识。

一对恋人在吧台上消失。一个女骑警打马上了吧台,马蹄铁掌,玻璃酒瓶,制服和西装,不一会儿也从吧台上消失。几个比较性感的女白人在那里滑旱冰,后来,我再辨认出她们,是在透纳画得模模糊糊的画面里。

我与蒲龄恩先生交谈,他是英国当代最具实验性的诗人之一,宫维尔与济慈学院的图书馆馆长。我们谈论着英国绘画。我说到透纳时,蒲龄恩先生睁大了眼,兴奋地喊道:"透纳,透纳,最好的,最好的!"他也没有那么虚妄。我知道他讲最好的意思,是指在英国绘画这个范围。

英国绘画不像它在文学领域里如此人才济济,乔叟,莎士比亚,堂恩,拜伦,济慈,雪莱,等等等等。你要在英国绘画中一口气说出些大人物,还真不容易。一不小心,就说到了意大利。英国只是在十八十九世纪之交,出点真正意义上的画家。什么是真正意义上的画家?说清楚并不容易。我们从两方面看看。功利的角度,他具备不具备世界性影响;艺术的角度,他有没有独创性画风。其实这也是一个方面。因为一般说来,具备世界性影响的画家他肯定具有独创性。但在艺术上,常常是大到国家,小到个人,往往脱不了夜郎自大。夜郎自大和妄自菲薄,可能都是天赋。

透纳是英国真正意义上的画家的代表,尽管我还是没有说清楚什么是真正意义上的画家。

第二天,蒲龄恩先生抱来两本大画册,黑白印刷的,说明有了年头。我看其中一本的版权页,它出版那年,我还没有出生。一下子觉得虚无。一觉得虚无,就更有了年头。

其实我在伦敦的时候,早已看过透纳真迹。我还从没有一次看过同一个画家如此之多的真迹。据说透纳有个遗嘱,他所捐献的作品,不能零零碎碎展出,要展出,就要成规模地展出。这念头看上去很怪,实在透着透纳的不信任——他对博物馆啊艺术批评家啊什么啊不信任,怕他们像编选集似的编选自己。

也看得出透纳对自己的一生、一生创作,是满意的。他不想忌讳,也不愿避讳。他对自己的诚实使他无拘无束。

在透纳画得模模糊糊的画面里出现的女人,让我恍惚得很,她们到底是人呢还是神？她们当然是人，且有性别，是女人。但她们是一群走神的女人，故显得神秘，显得美丽。女人最美的时刻是她们走神之际。所以我每逢开会并不以为在浪费时间，因为有走神的女人供我欣赏，即使女人们现在普遍地投入，我天生慧眼，也总能看到一个两个的。走神的女人本身就是一幅模模糊糊的画，她的身份难以确定，一走神了，自然就出人头地——出人了，当然就不能说她是人，但也不能就此认为她是神，因为她早走神了。透纳画的魅力于此也差不多，透纳画的魅力就在出人与走神之间。

飞机在伦敦时间下午五点半左右停稳在伦敦那张画坏的地图上——航班到达西思罗机场，我与妻子开始还兴致勃勃的，但转一大圈后，就有点沮丧，出口处像个农村集市，还是不发达地区的农村集市，乱糟糟的就缺几匹马几头驴了。别说警察，工作人员都看不到。只有不时上来个黑暗中的出租车司机，问我去哪里。他们的个头肖像都差不多，仿佛影印的一般。我没见到接机的人，着急了。当然着急，还很恼火。我先去玻璃门外抽了支烟。伦敦的天空在机场的井底下幽蓝，头顶上的空气像沙漠加油站里的空气，我靠着根水泥大柱子抽烟，两个金发小伙盯着我看了几眼，我也盯着他们看了几眼，他们欲言又止，想走近我，但很快地走了。后来我才知道，他们肯定是想问我讨烟，瞅着我一脸着急和恼火的样子，也就觉得无趣。在英国，你在街头抽烟，常常就会跑上个小伙子小姑娘来问你要一支烟抽，我刚开始是来者不拒，后来就看我的心情，心情好了给一支；心情不好就不给。我抽完了从国内带去的烟才明白，香烟在那里真的很贵。在英国，最自由的抽烟场所是大街，况且烟头可以乱扔——政府、议会和群众组织还怕你讲究卫生，把烟头扔进垃圾桶。他们怕引起火灾。我在皮卡迪利广场——著名的流浪汉和无政府主义分子的积聚地——见到一只冒烟的垃圾桶，我还没怎么在意，一时警笛惊鸣，开来三辆救火车，把这只垃圾桶团团包围。你看，还是冒烟的垃圾桶，如果是燃烧的垃圾桶，我估计会开来三十辆救火车。这时快七点了，我与妻子在机场的出口处已经等了近三个小时，看着一批又一批印度人被人接走。据说现在的英国人对他们以前的殖民地有种奇怪的感情，伦敦大学的学费（我知道的是艺术史考古系，其他系是不是这个收费标准我不清楚）英国人是一学年两千英镑，印度人香港人是一学年四千英镑，大陆和台湾去的学生一学年就要缴八千英镑。所以一旦到了英国，大陆和台湾的学生就相处融洽，因为香港学生有种自豪感、优越感会不时地流露出来。

我一走进皮卡迪利广场，就有几个英国的臃肿的中年妇女向我兜售纸花。这纸花让我恶心。不是所有俗气都让我恶心的，有的俗气还能使我眼睛一亮。这纸花比鲜花卖得贵，因为是手工制品。手工制品是越来越贵了，除了写作，今年的稿费标准就比前两年低下——难道写作不是手工制品吗？我写这篇文章，尽管是打电脑，但手腕也还是打酸了。我不无厌恶地从纸花身边跑开，这纸花让我觉得不祥，像是从花圈上拔下来的。早知道如此，我倒可以带几只中国花圈来英国做点小买卖。中国是手工便宜，况且还地道。

豌豆河边，有摸历史——我在电脑上想打"莫里斯"，结果打出个"摸历史"。豌豆河边，有莫里斯的"唯美社会主义营地"，他纠集一帮手工制作者，用来对抗工业文明。现在还能看到一座磨坊、一座木偶剧院。星期天这里还会来许多人，继续有手工制造者摆摊，据说还有两个中国姑娘卖书法。

皮卡迪利广场上的雕塑是个青铜小爱神，满脸坏笑地张弓搭箭。布鲁塞尔的青铜小尿人的鸡巴都被游人摸得天亮了，皮卡迪利广场的小爱神的鸡巴长得太高，流浪汉和无政府主义分子摸不着，英国又多雨,雨水流到耻骨上下就恬不知耻地不往下流了,全滞留在鸡巴上,锈迹斑斑,像性教育读本中有关梅毒的插图。

既然皮卡迪利广场是流浪汉和无政府主义分子的积聚地,那么我也要摆出态度,高喊口号,我高喊了一句:

"打倒大不列颠伙食!"

英国真没好吃的,它的国菜"烤鱼和炸土豆条",不要说让李逵嘴里淡出只鸟来,我嘴里也淡出鸟来,还是两只。

伦敦的广场,我喜欢的是罗素广场。我很喜欢这个广场,也不仅仅是艾略特、伍尔夫、凯恩斯、福斯特们在它周围喝过茶聊过天。这个广场幽静得一如幽禁在地下室里的遭到清算的经济学家。大英博物馆就在它的附近。

在大英博物馆,观众最多的地方是埃及展区。大家爱看木乃伊。我感兴趣的是做成木乃伊的猫、鸟,还有一条蛇。蛇弯曲,如果在罗素广场看到,我会以为是一根枯枝。

赵毅衡和虹影家的邻居,是个爱尔兰老太太,养了只大肥猫,据说通灵,平日不叫,就是春天来了也不叫,叫的话,周围就有人死了。有一次虹影决定让她小说里的天使死掉,大肥猫就趴在赵毅衡和虹影家的屋顶上叫了三天,害得赵毅衡往国内寄的一篇评论在西伯利亚的上空丢失,虹影下楼的时候摔了一跤。

那只大肥猫躺在爱尔兰老太太种满紫色花的后花园里,像穿着海魂衫的晚年的毕加索。我在英国见到不少毕加索的原作,可能不是精品的缘故,一点也兴奋不起来。有一次躲雨躲进座大房子,塞尚《大浴女》赫然在目,什么叫心醉神迷,那一刻就叫心醉神迷。那些大浴女,是被视觉所肯定的色彩与块面的金字塔,毕露的线条全部消失。

我与妻子在西思罗机场的出口处等了近三个小时，没见到约定的接机人，实在没办法，就给赵毅衡打电话，我和妻子与虹影都很熟，却没见过赵毅衡，而虹影恰好这时在国内。赵毅衡是位很有风度的长者，知道我们人生地不熟，让我们先去他家，明天联系上了，再去剑桥。就在我们规矩规矩行李，想找地铁口，要去赵毅衡处，妻子说听，听，好像有人在广播里找你。其实我早听到了，根本没觉得是在找我。老外发"车前子"这个音球，老发到"车前子"之界外，我怎么接得住？我一回头，蒲龄恩、朱丽阿、司机三个人，就站在我们后面。这种喜悦是无法无天的。原来蒲龄恩先生昨天向机场打听我们航班到达时间，机场给说错了，说要晚上七点钟到。今天下午五点钟他们出门之际再向机场确定时间的时候，机场告诉他们还有半个小时航班就到了。从剑桥到伦敦，一路不堵车，也要一个半小时。

伦敦的夜很黑，和中国东北的夜差不多，一路赶去，只有加油站是亮的。

剑桥的夜更黑，连加油站也看不到。

在剑桥我们住在宫维尔和济慈学院，这个学院有近七百年历史。它的小教堂是剑桥最老的学院教堂。这学院里有两个人物，在中国还很有人缘。一个是已故的李约瑟（《中国科学技术史》的作者），一个是霍金（《时间简史》的作者）。他们的油画肖像挂在学生餐厅里，霍金还是一副挣扎的样子；而李约瑟却穿着件青色长衫，像是中国古人的形影。我的早餐是在学生餐厅吃的，这个可以供两三百人用餐的餐厅，常常只有两三个人在那里用餐，位置随便选，我就往往坐到李约瑟和霍金对面，他们两人的肖像靠得很近。不是说我喜欢他们，因为其他肖像中的英国人，都戴着羊毛做的假发，搭足架子，使劲地一本正经，就像欧洲电影里的法官。我是来吃饭的，不是来受罪的，看着羊毛假发，我实在吃不下饭，再说英国的饭又实在难吃。虽然英国的早餐有"国王式的早餐"的美誉，煎猪排，煎蘑菇，烤香肠，烤面包，煮西红柿，煮豆子，糖水水果，我吃了三天，胃口就倒了，之后只能靠吃些酸奶和面包混一个上午。

这学院里有一座三层的石头房子，铜牌上刻着"13××"年的字样。我住顶层，有时候就乘电梯上上下下。尽管电梯的式样很古典——看得出设计者是用力把它往古典里伪装，除了镶嵌镜子的地方，里里外外都用本色樱桃木包裹起来。但我还是认为这电梯破坏了古建筑的深奥，如果走过道、楼梯，大有曲径通幽之妙。后来才知道，这电梯是专为霍金建的。不是为了霍金的教学用，只是为了方便霍金参加学院权贵层的聚餐。学院的权贵层偶尔会搞一些聚餐。我看过那个聚餐室，厚厚的丝绒窗帘，白餐具，长颈玻璃瓶，有一只瓶里还剩小半瓶红葡萄酒。

有一次，蒲龄恩、朱丽阿带我与我妻子去剑桥郊外吃法国菜，回到宫维尔和济慈学院门口时已经晚上九点钟，彼此正要告别，我看到霍金正从宫维尔和济慈学院出来，他颤抖地坐在轮椅上，后面跟着个黑人妇女，四十岁上下，可以说她胖，也可以说她壮，因为看上去很能干。是霍金的保姆，还是霍金的保镖？她穿着件深色衬衫，在衬衫上套了件背心——我们在夜晚的北京街头常常会看见的那种套在交通警身上的背心，款式和颜色都一模一样，因为剑桥的车辆很少，所以直到他们消失，我都没机会瞅上它发光，否则我就能确定是不是我们中国制造。

剑桥的路一会儿是沥青的，一会儿是石块的，不规则，不平整，霍金的轮椅走上石块路的时候，黑人妇女就伸出手去按住他的脑袋。她微笑着，十分温柔。我看到霍金在轮椅里颤抖得厉害，脑袋像要往太空里飞。

蒲龄恩说:"你们看到霍金会有福气的。"

我问为什么?蒲龄恩说霍金难得出门。

蒲龄恩和霍金是同事,看来他们也难得一见。

朱丽阿说她在做学生的时候,骑自行车特别快,有次猛觉得前面有东西,一刹车,她吓得摔倒在地,她说她差点撞死霍金。朱丽阿说:

"我把这个大天才撞死了,怎么办?我也是个小天才。"

我问霍金的反应,朱丽阿说霍金很愤怒。我问霍金到底是愤怒还是恐惧,朱丽阿想了想,她说:

"我以为到底是愤怒。"

霍金的坏脾气在剑桥同样著名。

我在伦敦住了十多天,一天看一个博物馆或者美术馆。有时候一天看两个。

泰晤士河也很浑浊,只是不臭,雨后也不臭,让我好生奇怪。它能提神的色彩是游艇,明晃晃的大玻璃,白白船体。全世界收藏透纳作品最多的是泰特艺廊,泰特艺廊就在泰晤士河边上。河北还是河南?河西还是河东?我这个人幼时没学好地理,近来又不喜欢出门,东南西北搞不清。

英国的博物馆经过国会讨论,这三年里不收门票。让我赶上了。

透纳的作品挂满泰特艺廊的几个大厅——说实话,尽管我在中国就知道透纳大名,但看完一个大厅后,我有点不耐烦。甚至产生厌倦的情绪。我觉得透纳无非也就是个名声很大但作品极其平庸的画家。这种现象在文学界艺术圈比比皆是。我愤愤不平又晕头转向地转到另一个大厅,豁然开朗,就像上面所说,简直是在浑浊的泰晤士河边散步,不经意见到白白的船体。我大概叫出声来。

那个大厅里全是透纳晚年的绘画,判若两人。

我在他的天气里，在他的海上，醒来了。不，一瞬间的感觉是，我冻僵了。

透纳和大家已很熟悉的叶芝非常相像，两人都很早熟，却都不能早死。叶芝活了七十三岁，透纳过了七十六年。如果这两人死得早，像拜伦或者济慈的命，充其量也只不过是——叶芝是二三流的诗人，透纳是二三流的画家。

他们早熟，但熟得很慢。早的只是他们早早成名了——对叶芝和透纳这种被上帝眷顾的人，成名反而成了件容易的事，而要在艺术上瓜熟蒂落，还要一个夏天的热风吹吹一个秋天的老阳照照。

透纳是理发师的儿子。说这个有什么必要？伟大的艺术家没有父亲，只有拙劣的工匠们常常记得出身。这话不能坐实，坐实了，那卡夫卡是例外。但说透纳是理发师的儿子还真有必要，透纳的父亲把透纳的画不无炫耀地挂在理发店，所以透纳在十四岁时就被推荐到皇家美术学院附属的美术学校读书，因为透纳父亲的一位顾客赏识了透纳。十三年后，透纳成为英国皇家美术学院院士，并被英国皇家艺术学院聘为教授，可谓一帆风顺。

一帆风顺，财源滚滚，但很平庸。没有人公车上书，透纳自己变法了。这样变法，真正是内心需要。

齐白石"衰年变法"，越变越有名，越变越有钱，而这样的好事并没有落到透纳头上。透纳的"衰年变法"，把名变小了，把钱变少了。但把平庸变掉了——尽管透纳付出太多代价。齐白石"衰年变法"，是"穷则思变"；透纳的"衰年变法"，是"居安思危"。这样的比较毫无意义。再说又不确切。不比不比。透纳早期的作品，如英国女作家、"意识流"大师伍尔芙所说的那样，是"绘画艺术的牺牲品"。伍尔芙的原话是这样的：

> 这个世界此时此刻都是绘画艺术的牺牲品——他们画苹果、玫瑰、瓷器、石榴、罗望子果以及玻璃罐，画得与文学所能描绘的一样，当然差强人意了。

为什么"画得与文学所能描绘的一样"就"差强人意"呢？文学艺术作品凡是能被"转述"的，它的个性就大可怀疑。但这还仅仅是表面现象，"牺牲品"的本质在于——伍尔芙接着说道——她尽管说的是作家：

> 过多地依赖于眼睛的作家，就是个差劲的作家。如果他在描写，比如说，公园中的野餐，他描写了玫瑰、百合花、石竹和草坪上的树影，尽管栩栩如生，但只要不能让读者从中推导出观念、动机、冲动以及情感，就可以说他的目的并没有达到。

透纳早期作品就是如此，尽管栩栩如生，却不能让我从中推导出观念、动机、冲动以及情感——他的观念、动机、冲动以及情感，抢眼只是他的技术。能达到这样的技术，虽然已是才华横溢（别以为平庸的作品里就没有横溢的才华），但并不困难。

以上我或许过多地引用了伍尔芙的话（既然花园里有这么多花，我何必再劳神种植呢，把花采来也是园丁的一部分工作），这些话出自她的随笔《绘画》，尽管她稍不留神就滑到写作。我还要再引用几句，来"证实"我对透纳晚年绘画作品的感觉：

> 普鲁斯特、哈代、福楼拜或者康拉德，他们也运用眼睛，但这一点也不妨碍他们的手笔。他们对眼睛的运用与以往的小说家截然不同。沼泽地、树林、热带海洋、船、港口、街道、卧室、

花朵、衣服、姿态、光与影……其精确和微妙使我们感叹：这些总是由一种于眼睛之上的情感主宰。

晚年的透纳，他的眼睛和"普鲁斯特、哈代、福楼拜或者康拉德"一样，与"以往的"画家"截然不同"。以至透纳死了二十多年后，莫奈见到透纳作品（当然是晚年作品），也不免垂头丧气："想不到我苦思冥想的风格，他早完成了。"

主宰晚年透纳眼睛的，是独创性，更是灵魂。缺乏灵魂的独创性，就像没有发条的手表。电子表不在此列。

泰特艺廊里有一间较为昏暗的房间，蓝光柔曼，铺垫着透纳的面模。遗容都是一样的？还有他生前的一些用品。我现在想来，应该有盏马灯、有只饭盒。饭盒的形状像个水池。

我即使不清楚我也记得，我做了这样一个梦，梦中，我邀请另一个梦与我正做的一个梦一同来做，做完这样一个梦。先前那个梦，极像胆小的人，他要一个人在漫漫长夜陪伴他。或者说是一个高度近视眼穿过马路时候，扶住另一个的肩膀。

眼镜片又碎了。我穿着他的衣物，是一件狗屎黄的西装，坐在眼镜店里。验光师让我看视力表，我盯着验光师看。她说看那里。我看。视力表上的嘴唇一会儿朝右撇，一会儿朝左撇，一会儿又朝上翻去。

我在走过眼镜店的时候，十有八九，眼镜片就会碎裂。医生说，这是心灵感应。

后来，我就看到青蛙。

我有一只橡皮青蛙，也有一只铁皮青蛙。

我先来说说橡皮青蛙。

它有一层薄薄的皮，漂亮地涂着绿漆、白漆，还有一点点黑漆。挂膜光滑美观指向，反正是它的皮很硬，掉在地上，会咣咣直响。它的开关在白漆肚旁边，用把钥匙似的扁头伸进去，顺时针转——转几圈，就会觉得它的肚皮厚厚的，几乎是胀破的样子。这当然是错觉。生活中有许多错觉，我们往往发现不了，以致丧失生活乐趣。生活乐趣是产生于错觉之中的，或许生活乐趣本身就是一个错觉，它从我们手上跳下，皮阿皮阿地在客厅蹦跶。这是橡皮青蛙吗？

我喜欢把橡皮青蛙抓紧在手里，然后让它慢慢撑开，老橡皮青蛙要费很大的劲才能恢复它的尊严，而新橡皮青蛙只需用一眨眼的工夫。

很奇怪，这么多年，我老觉得美国是一只铁皮青蛙，也不知道为什么。

这是我在剑桥做的一个梦，也许是几个梦的混淆。那几天，我老遇到剑桥的青年诗人，一碰面，他们就大谈他们的一本诗选，是用来痛骂布什和布莱尔的。女诗人安诘尔一直怒气冲冲，好像身上绑了许多炸弹，随时都会爆炸，她告诉我："布莱尔是条狗。"我说你的意思是不是布莱尔是你的宠物，可以抱着睡觉？她说不，她说："布莱尔是布什的走狗！"我开始乱扯，我从布什乱扯到萨达姆，就是忘了布莱尔，看来他不重要。

后来，我们在土耳其餐馆吃烤肉喝啤酒，放松的安诘尔也是很美丽的。愤世嫉俗会使人的脸难看且又无济于事，我知道这点之后，就努力不愤世嫉俗了，因为我的脸本身就不是太拿得出手。这世界有两样东西可以有效地美容，一是喝毒药，一是靠心平气和。我之所以靠心平气和美容的原因并不是毒药搞不到，而是心平气和在当代本身就是一剂毒药。

几个人打来电话，我正在写一篇论文：《公鸡是从热带雨林中进化到纸本上的植物》，我兴致勃勃，怎么能相信这几个人呢？我还是去了他住的地下室。

这大概是我的另一个梦，我随手记在了圆形教堂的简介单上。圆形教堂是黑色的，简直不像教堂像粮仓，在它的南边小巷里，有家印度餐馆，我吃到一种调味品，起先以为是橄榄，吃吃不像，向侍者打听，他说是楝果。在英国遇到的印度人比在印度遇到的印度人酷毙，我很奇怪我这么会有这种感觉，因为我并没有去过印度。

历史就是被现实改变的部分。大名鼎鼎的巨石阵已经商业化了。

那天，我站在巨石阵边，脑子里全是有关巨石阵的猜测，以致差不多没对巨石阵发生兴趣。我只对有关巨石阵的猜测发生了兴趣。

一个白人小孩在巨石阵里奔跑，他突然停下，尖叫了起来。他发现粗野的一块巨石下有颗鸡蛋，他拿在手上，快乐地冲向他的父母。

他的父母惊慌失措，这是颗鲜鸡蛋，据说还带有体温。

巨石阵被高大的铁丝网团团包围，如果这颗鲜鸡蛋是母鸡生的，那么母鸡从哪里钻进来的呢，难道它有乌鸦的翅膀？我朝四周望望，不见母鸡，也不见农庄。几乎像巨石阵一样了，这颗鲜鸡蛋只要不在石头上碰碎，我想对我就是个谜。

或者可以这样说，我根本没看到过巨石阵，我只看到了鲜鸡蛋。

在苏州梦游

风格：没有风格地

《后汉书·方术传》记载，费长房管理市集，见到远方来一老翁，背一小壶，没有人认识。费长房来不及盘问，市集上正有人为缺斤短两拳打脚踢，还有人把洋葱头当水仙球卖。老翁捡个僻静地坐下，卖药，口不二价，临末他还会关照买药人一句："服这药，你必吐出某种东西，某日痊愈。"我有点将信将疑，虽说刚买十四层防护口罩，宛如半只文胸，色彩也挺好，粉色的，碎花的，但还是买老翁一包药。药用人造豹皮包裹，一枚枚金钱印得比银圆还大，以此看出药价不菲，更可看出药品高贵。回到楼上，天色已晚，我开始熬药，不一会儿太阳落山商店歇业，我朝窗口望望，只见老翁把小壶檐下一挂，跳进壶中。我知道这老翁非常之人了，十分经典，不是非典，也就毫不犹豫，把药"咕咚咕咚"喝完，差不多连药渣也咽下。一到子夜，我吐出深深绿绿的一个庭院。

我一边瞻眺月亮，这是造化，极其满足。非要把话说得无趣，我每回见到的月亮就是我的回忆。所有在我之前的月亮也都是我的回忆。

所有在我之后的月亮才是我的现实。也就是说我没有见到的月亮才是我的现实。

逃回延陵巷，延陵巷细长细长，像根竹竿。巷里没有一棵树，只能在人家天井中看到。这条巷之所以著名，因为巷里有两户人家的手艺祖传，一户做萝卜干和酱，酱是豆瓣酱；一户做木梳。种萝卜的越来越少，都改种鲜花，这一户缺少原材料，也就专心致志做酱，萝卜干技法几乎失传。一到十二月、正月，小巷飘摇酱味——《齐民要术》记载——十二月与正月是做豆瓣酱的好时候。天井堆着石头砖块，酱缸放置石头砖块之上，因为缸底不能浸泡到雨水；一百天前，如此这般，一百天后，这般如此；十月怀胎，百日成酱；做酱也有许多讲究：孕妇不能做酱，酱会变苦；处女不能做酱，酱会变涩；老太不能做酱，酱会变锈；根据野史，男人中只有秀才不能做酱，秀才做的酱不是酸的，就是淡出只鸟来。

酱当然好吃，久闻酱味，却也难过。我小时候经过这一户人家，常常用手紧捂鼻子，现在则大戴口罩。我小时候见得到老鹰天空中巡视，云朵不知道从哪里来的，兜售着棉花毯。有弹棉花人，在小巷口，他像骑在弓上的一支皱巴巴的箭。或者骑在马上，马蹄冒起白花花泡沫，淹没猫的波斯眼睛。

从"马蹄冒起白花花泡沫"到"淹没猫的波斯眼睛"，中间跳跃大概有十万八千里，媲美孔子与苏州的一段故事，孔子登泰山，见苏州阊门内白气如练，就对众弟子言道：

"一匹白马。"

通过不同色彩的玻璃镜片，我看到却是一样的黑白照相。"照相"

一词,传说拉丁文原意是"掠杀",所以小巷里的老人至今还怕照相,她瘪着嘴,摆摆手:

"不照不照,魂要勾去的。"

偷猫的来了,扛着一只白布大袋。偷猫,一种职业。在这里,偷鸡也是一种职业。偷鸡贼随身携带"竹蜻蜓"——也就是弹簧机关,也就是作案工具,看到鸡,他就从口袋里摸出,扔到冠冕之下爪牙之前,鸡只要一啄它,弹簧就会跳起机关就会打开,一下把鸡嘴撑开,好像人质的嘴巴里让绑票者塞进袜子,以致喊不出"救命"。偷鸡贼上前神不知鬼不觉地一提溜,把沉默的鸡装入潇洒的葛布长衫,风度翩翩地走了。偷鸡贼的穿着打扮,向来比孔乙己上大人体面。猫有九条命,她瘪着嘴,牙都掉了,只有一个魂,所以不能照相。预防为主,这是对的,她一点也不滑稽,她没有说谎。

充满谎言,充满谎言,(小巷的)天空中已经看不到老鹰,偶尔看到飞机。

老式照相机一旦打开,见到的影像就都颠倒过来。来一张全家福,颠倒着的祖母、父亲、母亲、姑母、叔叔、妹妹……他们像一个马戏团,危险地在钢丝绳上拿大顶。家庭中走江湖的意味,人类冥顽不灵流连柏拉图洞穴之中,依其亘古不变的习惯沉浸在纯粹的理念之中,沾沾自喜然而受相片的教化与受更古老更艺术化的图像启蒙截然不同,原因就在于我们周围有着更多的物象吸引我们的注意力,据称这项工作始于1839年,从那以后,几乎万事万物都被照相,或者说似乎是被照相下来。这种吸纳一切的照相眼光改变洞穴——我们居住的世界——限定关系,教给我们全新的视觉规则,改变并扩展我们对于什么东西值得一看以及我们有权注意什么的观念,其实关键并不是相片,而是老式照相机一旦打开见到的影像就都颠倒过来的这一瞬间,也就是说,教给我们全新的视觉规则其实是教给少数人全新的视觉规则,它不是可供选择的诸种形式，而是强势制度，只是成形为相片之后，这制度又被观看习惯所替代，不，左右。

我对老式照相机的兴趣是它有能力搅乱我们的秩序：颠倒着的父亲第一次显得手足无措，站在天井里的两棵树下，他像一根黄泥萝卜塞在大腿之间，会随时随地掉下。

夜晚，把老式照相机移过屋顶、树梢、猫，月亮被吸纳进来，宇宙浩瀚，正反双方在其中消失。

而父亲推着自行车，裤管夹着木夹——那种用来晾衣服的木夹，我把注意力聚在木夹柄上，那里有些黑。

连环画上涂着红色的飞机，"轰！"
这是一架轰炸机。
飞行员穿着旗袍，嘴唇上涂着墨。

我在桃花坞职工业余学校工作多年，旁边有两处古迹：太伯庙和五峰园。我竟然缺乏兴趣。失业后我在五峰园喝过一回茶；太伯庙那时天天走过，视而不见。太伯庙门前是市集，有次见到远方来一老翁，被管理市集的工作人员抓住，闹哄哄的听人说他卖假老鼠药，老鼠吃后非但不死，反而欲火中烧，与猫乱搞男女关系。我想这药不假，能让老鼠找猫，不是把老鼠毒死，而是让老鼠送死，简直孙子（兵法）。只是苏州人崇尚贞节，自己家的猫冷餐老鼠冷不防被老鼠一搞，总是有辱门风。晚清顾文忠公日记记载一事，苏州某婊子，她卖淫是为给母亲立贞节牌坊，文人学士十分感动，纷纷嫖她，玉成名妓，京城达官贵人闻风而动，借着机会就来出差。

苏州曾经蛮地，太伯是第一个把中原文明带到苏州的学者，《吴越春秋》记载，"吴之前君太伯者，后稷之苗裔也"，太伯不但学者，还是贵族，苏州蛮人服他，几年下来，断发文身几近绝迹。现在更是不见，至多侥幸见到衣冠禽兽，一如红山文化里的兽面人身，凑合着当文物看吧。

有一年，为找工作，我从胥门经过。胥门在苏州城西，所以有把胥门叫讹的，"西门"。我小时候就一直以为西门。苏州城西是有一个门，那是阊门。《吴地记》记载，伍子胥于周敬王六年建苏州城（书上曰阖闾城，阖闾是公子光的名字，伍子胥向公子光献出专诸去刺吴王僚，得手后公子光做吴王，书上就叫吴王阖闾，他令伍子胥建城，并以自己的名字命名），周敬王六年也就是吴王阖闾元年，即公元前514年。《吴郡图经续记》记载（建城的事说得更为详细，看来是伍子胥主意），阖闾问于子胥："吾国在东南僻远之地，险阻润湿，有江海之害。内无守御，外无所依，仓库不设，田畴不垦，为之奈何？"子胥说以立城廓，阖闾乃委计子胥，使之相土尝水，象天法地，看风水，筑大小城，开八门以象八风。有关八风，说法不一，一种说法东北为融风，东方为明庶风，东南为清明风，南方为景风，西南为凉风，西方为阊阖风，西北为不周风，北方为广莫风。阊门的阊来自阊阖风的阊，而胥门当初不一定叫胥门，《吴地记》记载，"胥门，本伍子胥宅，因名"，实在含糊。

孔子登泰山望见苏州阊门内白气如练，把它看作比喻，倒很有表现力。一是表现圣人眼神，圣人眼神都是好使的，近视眼基本就断了成为圣人的后路；二是表现阊门高度，陆机《吴趋行》音节虽然铿锵，"阊门何峨峨，飞阁跨通波"，但在表现力上总没有"白气如练"来得出神入化，虽然有吹牛皮之嫌。《诗》传齐、鲁、韩三家之一家的《韩诗外传》记载，"颜回从孔子登日观，望吴门焉"，孔子与颜回朝苏州这个方向望望，并没有说望到苏州。《太平寰宇记》记载，孔子见苏州阊门内白气如练，就对众弟子言道："一匹白马。"历史常常会毛遂自荐，把自以为是的细节提供给荒诞不经。此刻，我在北京朝阳区和平里北街的一幢楼房里，望着苏州，只见阊门内白气如练，我对妻子说，一条白狗。

我在城门中飘行。精子。蝴蝶。我撞上穹顶，有块城砖裂开三厘米，伍子胥暗道，他就是从这里逃到吴国的。所以一夜须发皆白的并不是伍子胥，他有暗道，不用发愁；一夜须发皆白的只会是楚平王，他没有暗道，只有坟墓。柏树牢牢，松树迢迢，狗尾巴草早早，苏州有许多著名古墓。日本有座城叫名古屋，苏州别称名古墓，这一点曹聚仁说过，他说苏州是口棺材。我做过一个梦，前世是一块色彩，我觉得好玩，就醒来，后来又睡，睡着又梦，梦见前世睡在棺材里。后来，我又做过一个梦，我本姓顾，有一个祖先是顾野王，这在中国一般人名辞典里都能查到，他遗言不起坟，有一年一块陨石掉在葬身之地，横卧其上，自然而然成为他的坟。这块陨石长约六米，梦中尚在，苏州人叫"落星坟"。

夜晚，我把老式照相机移过树梢，寻找天空中的笔迹，而一块陨石进入镜头，它在寻找上升的大地。找到我的祖先。

这是《初学记》。

我在城门中飘行，撞上穹顶，掉下我来。守卒扛着一根眼睫毛跑来，把眼睫毛朝我眼前一横，挡住去路。我吓一跳，这眼睫毛是极毒之物，见血封喉。

守卒问口令，我答"鸡肋"。

守卒问"什么鸡肋",我答"嗯嗯"。

守卒移开眼睫毛,大吼一声:"我恭喜你答对了!加分!!"

电视屏幕上数字化红为绿,一罐打碎玻璃城门的红红绿绿的水果硬糖,从此,我进入甜蜜的城区生活,刚才我飘行的城门,标签是相门。

干将和他的女人这里铸剑。

遗像:调丰巷 14 号里的她不愿照相,怕魂勾去,结果最后连遗像也没有,办丧事时,子女才想起,就差遣一个姑娘到我这里来,让我去画,我说不会,这有专门技术。孔子曰"不知生,焉知死?",我活人都画不好,怎么可能画好死人!这姑娘说你以前有没有画过什么老太婆的,先借我一张用用。我们就一起找,我素描画得很少,只找到《大卫》和罗丹的雕塑:一个少女头像,大概《沉思》——当时一大群人挤在一起画这个石膏像,在江苏省高级中学的一个教室里,有刘姓弟兄两个,常常一起来,弟弟站在哥哥身边看大家画,看厌了就溜出去玩,差点淹死,校园里有很大的池塘,据说快淹死的男性——他的生殖器会一下变得特别坚硬——难道它比头脑更先感到绝望?《大卫》和姑娘的外祖母也相去太远,我咯咯咯咯笑,她居然一本正经把《沉思》(大概《沉思》)拿走。

木梳:延陵巷有两户人家的手艺祖传,一户做萝卜干和酱;一户做木梳。做木梳的这一户姓宋,他们家后来出位前卫艺术家,他把各种人物做成木梳。我见到过他做的斯大林木梳——他把斯大林的胡须很方便地做成木梳梳齿,而有些人物处理起来就不这么方便。小宋蹲过监狱,喜新厌旧是他个性最鲜明之处,几个女朋友联名告他,说他"反革命"(那时已经没有"反革命"一说),把某某某做成木梳,梳理她们的阴毛。希特勒也被他做成木梳,小宋说,也梳过她们。他在法庭上叫冤:"戳嫩朵酿必,该格溲茫寄忑摘!"

经过胥门,不免感慨。胥门与伍子胥生死瓜葛,一说伍子胥楚国逃出,从这里进入吴国,故曰胥门;一说伍子胥被杀,躯干抛进河里,头颅挂上城门,所以这城门就叫胥门,这河就叫胥江。两说争论不休,我的看法是还有一种可能:伍子胥逃出楚国从这里进入吴国,后来他被吴王所杀,又被抛尸到这里,生路死路,一条路直来直去。胥门边的城墙根上,有一家旅馆,进门要爬二三十级石台阶,传说节目很多。有位外地小说家来苏州,让我去那里找他——他对某种生活层面具有特殊嗅觉。我一到他客房,见他还带着两个二十有点出头的女人,无锡火车站勾搭来的,像他的两件行李,我有不祥之感,那一刻的确看到床铺上有人死在上面,于是告辞,小说家对我极不满意。当天晚上,这两个女人中的一位心肌梗死,只是不知道是不是我看到的那张床。

胥门在二十世纪五十年代拆掉,胥江上的姑胥桥连接着苏州新老城区。苏州有许多老桥和仿老桥,站在姑胥桥往胥江口望去,一座水泥与铁组合的桥极有味道,虽说这味道是半殖民地的,水泥已经变成荒城的黄昏色,而铁也发出骨头里的深红。胥江在这一段水面开阔,风雨如晦的天气,反而会松一口气。

那座水泥铁桥,大名"万年桥"。

伍子胥逃到吴国,在苏州街头行乞,遇到专诸。专诸长相,《吴越春秋》记载,与施瓦辛格差不多。那天专诸正与市井小儿打架,打得正欢,忽听妻子一声喊,忙松了手,乖乖地回家;伍子胥奇怪,他问专诸,专诸回答:"夫屈一人之下,必伸万人之上。"这大概想写专诸的抱负。而京剧《鼎盛春秋》,专诸与人打架,听到母亲叫唤,吓得忙住手。这大概想写专诸的孝。《吴越春秋》更有意思。《吴越春秋》并不足信,许多段落读来却有趣味，赵晔有支写小说的妙笔，我可以抄一段比较一下。我在上面说"那天专诸正与市井小儿打架，打得正欢，忽听妻子一声喊，忙松了手，乖乖地回家"，这是闲聊式的，没什么笔法。赵晔是这么写的，的确小说家言：

  专诸方与人斗，将就敌，其怒有万人之气，甚不可当，其妻一呼即还。

  像一个人恶狠狠抱着电视机举高要扔，忽然，轻轻放下了。这个比方并不准确，甚至恶俗，我常常有些恶俗的比方。赵晔这一段好就好在一琢磨，字里行间有种洒脱感。不是幽默，是洒脱。走笔洒脱，尤其是小说家，大不容易。
  京剧里的伍子胥背着把剑，还拿着支箫。一剑一箫，凡识字的中国人都对此崇尚，不识字的中国人更对此崇拜。我也爱剑爱箫。箫是"礼"的象征；剑是"法"的符号，但它们一旦成为象征和符号，我又不喜欢了。我喜欢有茶味的剑，有酒气的箫，什么意思？我有一位朋友，少年时期风神俊朗，追他的女性风起云涌，他在几个人之间犹犹豫豫，后来他在她家见到墙上挂着支箫，觉得非她不娶。我以为他是趣味的，要娶一支箫回家。我另一位忘年交嗜好酱菜，要娶一缸酱菜回家——这是民国年间的事，老先生娶妻，娶会做酱菜的女人。

  鱼米之乡河鲜常吃，海鱼不常见。我记得父亲在天井宰杀乌贼鱼的情形，很清晰，没走样，几乎成为一幅世界名画：
  他蹲在井台旁边，穿着军装，那时军管时期，机关工作者都会领到两三套军装。
  一木盆乌贼，他一条一条杀着。

脏兮兮的身世被剖开,竟能从这样脏兮兮的身世里抽出一根银白色的凉透了的骨头。

摸摸,银白色轻盈无比,两头尖锐地圆通着概括,港口,和观看。它也会观看,看我。

在我父亲身后,是乌贼之血抹出的暗蓝。

乌贼之血是蓝的,暗蓝的,用手指去捻,捻在手指上,会越捻越蓝。

这情形之所以记得,也因为是我与父亲不多的一次我感到融洽的情形,或者说感到被爱。他杀完乌贼,挑根最大的骨头,为我雕了一艘船。

从乌贼脏兮兮的身世里能抽出一根银白色的骨头,我总觉得是条诡计。

公子光与吴王僚是堂兄弟,光的父亲诸樊,是嫡长;僚的父亲馀昧,是老小,诸樊死了,王位传给他的另一位兄弟馀祭,馀祭死了,王位传给最小的兄弟馀昧。馀昧死了,王位传给他的儿子僚,光作为嫡长诸樊的儿子,并没有不服,因为吴国一直有让国遗风。只是伍子胥到来,文化开始变化。

伍子胥是政治家,欲报楚平王杀父杀兄之仇实在是他对自己能力的检测,利用僚没有利用到手,他就巴结光,把专诸献出,去刺杀僚。由于伍子胥的出现,僚和光之间必然要死一个。伍子胥把僚利用到手,死的就是光,反之就是僚。让人死,这是能力检测过程中的高潮。

僚爱吃炙鱼,伍子胥设计,把"鱼肠剑"藏进鱼肚,届时让专诸擘炙鱼时抽出——从炙鱼热乎乎的身世里能抽出一柄冷冰冰的剑,这是不是政治?

"专诸巷"至今存在,传说是专诸葬身之地,巷口鼓起一个鱼鳔,好像随时都会浮出,有家眼镜店开在那里,兼修钟表。我一直弄不清楚为什么眼镜要和钟表搞在一起,是提醒人们时间的流逝是需要矫正视力后才能明白?最近才知道当初商人组织行会是因为经营眼镜和经营钟表的人数不多,两凑凑,合并一块。

有几位热爱文学的青少年住在专诸巷,记得一个叫"码",一个叫"胀"。"码"有才华,却因为一点虚荣心而被中老年诗人毁掉。那时我也是泥菩萨过江,有些部门找我麻烦,我正写些爱国主义的、爱和平的、爱民族文化的、爱家乡的作品拿出去发表,用来安慰父母。母亲尤其胆小怕事,饭桌上常常会说你才二十出头就被打成右派那以后怎么办呢?父亲把我油印小册子悄悄扔掉(这一阶段我的许多作品就这样没了,不知能不能找到"幸存者")。我生活在一个谨小慎微的家庭,中国家庭——尤其是中小城市所谓的干部家庭——其实谨小慎微——非理性到极点的地步。那时,还有另外一件事,我的几页手稿是给一位中年诗人看的,竟然出现在某领导办公桌上,他看到"阴户"这个词,就果断地把我姓名从我准备去的某个工作单位里画掉——后来我才知道,"阴户"这个词不能随便出现,出现的时候应该这样:"×"。我前几年辅导儿子作业,见到 $1×1=1$,差点脱口而出,"1 阴户 1 等于 1"。专诸巷里另一位热爱文学的青少年叫"胀",他终于明白中老年的文学黑暗,遂开熟食店,卖起酱鸭,卖起咸鸡,卖起熏鱼。

这是小城"诗本事",极其乏味,我写它,是为引出"胀"和他的熟食,以便过渡到专诸的另一个版本:专诸是个厨师,也会经营熟食,还有拿手菜,但很爱财。详见《吴地记》,这里一笔带过。

专诸很像现在的苏州男人,怕老婆,爱财,会烧一手好菜,也敢杀人——但往往改用软刀子了。

怕老婆,爱财,是一个男人的美德;

会烧一手好菜,是一个男人的风度;

杀人不好。

"逃回延陵巷，延陵巷细长细长，像根竹竿。巷里没有一棵树，只能在人家天井中看到。这条巷之所以著名，因为巷里有两户人家的手艺祖传，一户做萝卜干和酱，酱是豆瓣酱；一户做木梳"，这是我做的一个梦。苏州本没有延陵巷，延陵今属常州，唐时改为武进县。"武进"两字大有暴力，它在梦中拐弯出现，是影射吃药的原因？

那天午夜，我先吐出深深绿绿的一个庭院，觉得这有点寂寞，就又吐出一个古人，他手扶藤杖，在庭院里散步，看上去多像梦游，这一个古人在深深绿绿的一个庭院里散步，觉得疑似，1.拙政园，该园以水取胜，南北有池，池上两座假山，山上两个亭，一个楼，一个小园，一个廊桥，一个舫，一个楼，一个堂，一个厅，一个馆，一个阁，一个亭，一个阁，一个楼；2.狮子林，该园内有大假山，大水池，一个亭，一个轩，一个阁，一个室，一个堂；3.沧浪亭，该园有山有水，一个亭，一个堂，一个祠，一个馆，一个馆，一个榭，一个室，一个院落；4.网师园，该园东部为住宅区，屋宇三进，西部为园林，中有水池；5.留园，该园一个馆和另一个馆最为著名，一个馆居西，亦称一个厅，另一个馆居东，还有一个轩，西部一座大假山；6.怡园，该园分东西两部分，中间水池，仿造网师园，四周假山，仿造环秀山庄，西边一个厅，仿造留园，东北一个斋，仿造拙政园，东西两部分之间隔有长廊，仿造沧浪亭，长廊上镶嵌碑刻，仿造狮子林，这些仿造如果属于抄袭的话就更能显示其独特风貌，古人对我吐出的庭院疑似半天，信息爆炸，反而也就难以判断，古人寂寞了。

我不寂寞，古人寂寞了，这古人也开始模仿，他吐，吐出一个现代仕女。这一个现代仕女穿着泳装，根据新闻，泳装是为洗浴和游泳而设计的专门服装，使内衣进入公众领域，作为泳装变得越来越简单，作为身体变得越来越暴露，因此泳装发展史是与道德观念史有关的身体习性史。

一块蓝玻璃上，一滴水珠，隔着玻璃与蓝，是另一滴水珠，或许是一滴水珠的泡影，也或许一滴水珠是另一滴水珠的泡影——另一滴水珠是干燥的，而一滴水珠作为泡影却潮湿、滋润。这一块蓝玻璃镶嵌在城墙之中，让人难以了解它的用途。这才是历史。

古人不寂寞了，现代仕女寂寞，这现代仕女也开始模仿，她一吐，吐出一条狗：古代英国牧羊狗？北京宫廷狮子狗？金色猎狗？蝴蝶狗？德国狼狗？拳师狗？阿富汗猎狗？贵宾狗？哈士奇？带着对狗的猜测，现代仕女不寂寞，狗寂寞了，这狗也开始模仿，它一吐，吐出一轮月亮。月亮照着深深绿绿的一个庭院，我在庭院之外，被它照得像一张白纸。古人跑出庭院，在白纸上描几笔；现代仕女跑出庭院，用白纸擦擦手；狗跑出庭院，没跑多远，幸亏就被现代仕女唤回。我把我揉成一团，扔掉，深深绿绿的一个庭院随之消失，古人，现代仕女，狗，无依无靠，宇宙寂寞，苏州寂寞，这几行文字删掉。

梦见前世睡在棺材里。

这几行文字删掉，这条狗是玩具狗。

请看说明书：
用嘴巴而不是用手的新奇游戏方式。通过预备训练可以达到只有主人才可以操纵自己的玩具狗。玩具狗有两个状态：训练和识别。可以通过按键来切换状态，以达到准确识别的目的。遥控器使用两节 1.5V 的干电池，功耗低。使玩具狗更具有人性化的特点，符合人类的心理。训练完毕后，人可以通过简单的命令使自己的玩具狗做出人想要做的动作：前进、卧下、左转、右转、起立、狂吠、猛扑。这些动作均可通过嘴巴而不是手来下达命令。并且人可以给玩具狗起名字。也可以与玩具狗对话，这更增加玩具狗的趣味性。玩具狗有记忆功能可以记住主人的语言特点，不会随便听别人下达的命令。玩具狗支持无线 MIC 控制，实现真正意义上的语音远程控制。这是一只由语音识别和无线远程遥控相结合的新式玩具狗，科技含量高，而且操作简单，打开遥控器和玩具狗开关，玩具狗处于等待命令状态，这时候人就可以通过输入语音命令来操作玩具狗。动作做完后，玩具狗会等待新的命令输入。依次循环。如果是第一次使用玩具狗，要先进行训练，按键进入训练状态，人会听到"请跟我读，吃饭去"，人要跟读"吃饭去"；人会听到"请跟我读，睡觉去"，人要跟读"睡觉去"，直到训练结束。系统自动切换到识别状态，即可输入语音命令。适合于梦游的大人和孩子。

深深绿绿的庭院，现代仕女抱着玩具狗，无所事事，"请跟我"，"请跟我"；"请跟我"，"请跟我"。

未来苏州街头，我相信梦游的是一条小巧、精致的白气如练狗，通身银色，仿佛一匹白马，光洁而不失仿造效果。它跑得太快了，以致掉下六节干电池。

在园林梦游

风格：什么是风格？

这些日子的荒芜，凭什么就是故乡呢？在园林，虚拟和梦游，索取虚拟——进入现实的法门：梦游，山洞里的我发现几颗果核，一二三，三四五，组成残花之形。或许怒放的花一点点坏死，终究是傲慢的。古代也没什么好吧，躲进山洞就能明白过来：它仅仅是坏死的现代而已。给残花之形命名，可以入定，我说它们七姐妹。

七姐妹，蔷薇科藤本植物，花深红，复瓣，因花每六七朵簇生，所以是七姐妹。我说它们七姐妹，但它们不喜欢七姐妹，我就重新命名：垂丝海棠花梗细长，像在钓鱼。老鼠斑。

山洞外正开花的马褂木。

学会观看果核，既然不是桃核，也就不是杏核，颜色红玫瑰的颜色，用手轻触一下，果核已烂，但比刚才更加红玫瑰，也就说艳丽，之所以艳丽因为腐烂。腐烂对我威胁,艳丽成为山洞敌人:烟雾缭绕,我跑到洞外。阳光雪白,白的还有太湖石。这个山洞是太湖石堆叠而成的假山上的一个山洞,这座假山不大,只有一个山洞。从山洞外面看山洞,想不到如此峭拔深静。深。静。山洞北面有亭,亭北有树,一株大榆树,大概树是一株大槐树,而我能够看到以前那棵银杏。我曾经在那棵银杏下面上班十年。

山洞外正开花的马褂木,而我知道,要不了多久,园子里的白樱花凋谢,也要不了多久,结实有一滴泪大。我在假山中转悠,毫无若干山林气——两棵老蜡梅还算疙疙瘩瘩,像我此刻这么开头:

园林就是梦。大梦,小梦,美梦,噩梦。大泡泡,小泡泡,白泡泡。有种紫荆是白花的,开出一串串白泡泡。园林有时候也的确是个噩梦,让主人倾家荡产,让主人贬谪流放,福报太薄,消受不起春花秋月绮户朱阁?以前我对朋友说有机会在园林住上一晚,他说不行,夜晚的园林很可怕,阴气太重。所以就有闹鬼的传说。我先略抄一段文字:

> 吾家附近之拙政园,为邑中名胜之一。余好其无狮林之俗艳,无惠荫花园之萧索,无留园之富贵气。园中亭树池木,皆疏朗有致,秀而不丽。抗战前,每年初夏,荷花将放,园丁设座售早茶。余贪其近,每日晨兴,必披衣夹书而往,向园丁索藤椅坐下,在晓色蒙蒙中,听蝉嘶,挹清香,近午而归,习以为常。父老相传,云太平天国时,忠王李秀成设行辕于此,杀戮甚惨,至今有鬼,但未闻有人见之也。民国十八年夏,某日,与同学同往,俞君携照相机,坚欲摄影。择见山楼东之高亭下,踞石临池,余为之捩

机。时约六时左右，云气未开，光线甚暗。先后共摄六帧，交观前柳林照相馆冲洗。翌日往取，店员云底片已损坏一张。余素不善摄影，欲一看坏至若何程度，店员面现难色。顿起疑窦，询之再三，始云因底片上发现鬼影，恐增君等之不快。因是益奇。店员乃吾等素识，务要一观，举日光下照之，见两人之左傍石上，坐一人，御棉袍，戴瓜皮帽，面目臃肿，依稀难辨，自头至足，直如木片，了无人相，不禁兴悚然之感。反复思索，终不明其因（转引自袁殊《拙政园记》）。

听朋友说，艺圃值班人，一位无神论者，他常常听见池塘边女人夜哭，延光阁里的桌子椅子蹦蹦跳跳。太平闹天国的时候，有一百四五十名苏州女人集体在这里自溺。有一次黄昏之际，雷雨之前，我在艺圃香草居里突然头皮一阵阵发麻。的确是什么感应。又听朋友说，听枫园的值班人辞职了，闭园后他总能看见一个女人。

江南文化飘动着鬼影。这鬼既是灵感，也是创造力。现在这个鬼越来越淡，江南也就开始衰弱。而北方，神却多了起来。装神弄鬼——黄河流域是装神的地方，长江流域是弄鬼的所在。现在，硕果仅存的鬼都在园林之中，说明江南的环境、氛围极度恶化，只有园林还有一点过去记忆。园林是鬼的家园，灵感与创造力的山水间。

我会斑斑驳驳的。文章斑斑驳驳才好看。斑斑驳驳一是天机，一是人力。文章还是人力，我是人力车。

我去了一个时代最后的园林，它建在尚书旧址——园林讲究风水，凡留存至今的园林，不能不说与风水无关，有名园的地方，一般有好风水。他父亲在外做官，他儿子在家造园，每设计一张图样，就用快马传递给他父亲,他父亲一一校订,说假山要学某某园子里的,水池要学某某园子里的,亭台要学某某园子里的,儿子就去学。一个国家的历史太长,后代只能用仿造替代创造。我坐在太湖石上看花,阴天像一个水池:我看到镜子。

镜中山,树,亭,和当代的俗——笼灯红的挂悬处到些那。游廊里的书条石也是当初的红灯笼——多就是俗。李白有些俗,因为才华太多。"为什么叫米帖啊?"游廊里两人相拥,这女人的声音娇如粉蝶。平生最大遗憾就是没有在园林梦游之际遇到美人。古典美的女人在园林里出现仿佛鬼魂;摩登美的女人在园林里出现好似卡通。所以我觉得园林与当代女人的关系比与当代男人的关系更为尖锐,或者说格格不入。女眷们在中国古人的意淫下聚会,她们的椅子上不设扶手,便于偏坐?我们的伦理是女人要学会偏坐男人要学会正坐。还是便于男人依红偎翠?这馆内的几把椅子黯淡着情色意味。鸳鸯厅内,今日归来如昨梦,自锄明月种梅花,中国隐士一日兼作两日,狂倒也不一定狂,鸳鸯厅是这里的主要建筑,一分为二,南半厅为梅花厅,北半厅为荷花厅,"为什么叫米帖啊?"这句话还绕我耳朵,游廊里已烟消云散。书条石上米芾叫喊:

得官尘土古扬州,好客常稀俗客稠。

谁不是俗客?梧桐清寒,但凤凰喜欢栖止,凤凰就是梧桐的俗客。龙,麒麟,凤凰,都是历史上的俗客,正因为俗,所以能一俗至今。

我又坐在太湖石上看花,无一块石头不在听琴:琴就是弹给石头听的。操缦者无心,听琴者无情,所以前几年鸳鸯厅里的那一盆浓紫瓜叶菊解颐鬼气。无情毕竟太硬,我就换坐到藤椅,醒来了,红山茶果真红,五瓣之间,自然是蜜蜂的遁窟。白山茶白也辛苦。

枇杷园内的铺地是冰裂纹的。冰裂纹，传统碎片。苏州刺绣里有一种冰裂纹针法，装饰性强却不乏高古。陈老莲的绘画是高古却不乏装饰性。巨大的枇杷核在破，在旋，在漾，在转。这一块铺地像是梵高笔法——在中国古典园林铺地发现梵高笔法，真是活见鬼了。牡丹花下，有天无法。

圆洞门上"别有洞天"，洞外一树白碧桃花上，仙人浓妆，在梦游中摇身为淡抹的闲人。而闲人内心华丽，可谓隐形浓妆。唐宋人内心浓而淡，明清人内心淡而浓。留存的园林大抵皆是明清风格，也就越看越浓，终于浓得重彩，水墨在哪里？或许只在圆洞门上：水光在圆洞门上的磨砖间晃动，弄出黑黑白白，倒也洒脱。出"别有洞天"，水廊与经幢。水廊罗带，经幢玉簪，这么一看，就有言情小说的味道，可以虚构男欢女爱了。"欢"这个字，真是绘声绘色。三十六鸳鸯，望之如铺锦，却也乡气，仿佛品名"皇冠"的白瓣红边杜鹃花。后来不知道怎么地我就到与谁同坐轩，与谁同坐，苏东坡"清风，明月，我"，我是——这个园林夜里不开放，明月见不到了。太湖石仿佛待开的牡丹，一瓣卷裹着一瓣，层层叠叠，往虚无中绘影，绘影是最美的，尤其能在虚无中绘影——壁上衣褶震动，灯火摇摇，我要到楼上去。但我还是坐在轩内细读对联：

江山如有待，花柳更无私。

杜甫诗句。另一个版本"花柳自无私"，"自"比"更"蕴藉。这副对联放在这里不好，气息上不是虎头蛇尾，而恰恰蛇尾虎头。园林里江山偏小，花柳又偏大了。我什么时候能够语无伦次或者出言谨慎？不替古人担忧，但替古人寂寞。看着水廊上漏窗中的花影，似乎"腰缠十万贯，骑鹤上扬州"，福禄寿俱全。"腰缠十万贯"是福，"骑鹤"是寿，"上扬州"是禄，扬州不是现在扬州，是当时建康，也就是现在南京，为南朝京都——"上扬州"就是到建康做官，江山如有待，大展宏图，一点意思也没有。园林之中的官气是并不比文气少的，了解这点方能谈论园林。我不了解，我思故我梦。只是连梦也常常没有，因为有梦，首先要能睡着。

云墙：凌波不过横塘路但目送芳尘去锦瑟华年谁与度月桥花院琐窗朱户只有春知处飞云冉冉蘅皋暮彩笔新题断肠句若问闲情都几许一川烟草满城风絮梅子黄时雨。

住宅是诗，园林是诗余，也就是词。

小院名潭西渔隐。隐于院子角落的一泓冷泉，隐于太湖石，隐于药栏。岛屿在湖面上棕黑一横，远望中的人是孤独的，渔翁的形象披着蓑衣，蓑衣里什么也没有。我慢慢抓住我的视线，刚才不是我的。我看到屋宇线条：排列有序的直线，削干净物欲，露出笔芯，但也没什么值得书写。游廊里五扇漏窗，一方，一六角，三圆。要连中三元？方在北边，六角在南面，中间是三个圆。如此排列，有视觉上的趣味，到底什么趣味，当初也说不清，现在也不能言传。我们总是高估自己的表达能力，写作最后成为强说。我现在毫无感觉。因为我已厌倦感觉。我不能摆脱我的厌倦，一个现代人不需要曾经沧海就已厌倦，兴致勃勃无非内心加深——庭院深深深几许？懒得知道了。

屋宇是排列有序的直线，游廊正把一条斜线走着，似乎可以走出小院，一直走到水里。游廊还是游客？懒得知道了。坐上露台，看磨砖门外的潭水，春风吹皱倒影。从我所坐的位置，其实看不见潭水中的倒影，凡潭水皆有倒影，并不在乎我的看见或看不见，而皱与不皱既是天工也是人力。不说也罢，顺着游廊走，往南能够走进假山；往东能够走进潭水。去山上炼丹，去水下怀沙，求生找死是一个人都需要的梦想。求生和找死互为倒影，过尽千帆，皆不是因为时空之中飘动只是千帆的倒影，船在时空之外。

潭水已到磨砖门内，铺地花痕，有何意思！

眼睁睁地看树长大，我在附近，面壁亭前的白樱竟把落花散满水面，一个园林管理工人站在千篇一律的小船上，用网兜把落花当作垃圾捞掉。矿泉水瓶。易拉罐。塑料袋。渔翁。吃饭时间。早饭。中饭。晚饭。一天。游廊里的纸灯笼仿佛过于松弛的乳房。

在吃饭的时间里喝茶，这大概就是风雅吧。

另外的亭子，就是另外的视觉。我看着亭子内东北角梁柱间的水光，如动如静，若明若暗。本身它是动的，却像静的；其实它是明的，却像暗的。还是静的，还是暗的。园林的灵魂在于静，也在于暗。这简直是中国艺术的灵魂。话又说大了。继续看亭子内东北角梁柱间的水光，它是一段诗意不可捕捉，形成文字，只能刻舟求剑。不信任感越来越浓，怀疑竟成现实。亭子面水的一面没有亭柱，为了不妨碍人们观景，水，石，对过的游廊，浮动的植物，白，灰，绿，青，朱，绿，白，灰，朱，白，灰，朱，白，绿，青，白，灰，灰，白，绿，绿，青，朱，白，青，朱，白，绿，朱，灰，青，白，白，青，朱，白，灰，绿，白，灰，绿，青，朱，白色，灰色，绿色，青色，朱色。白色灰色绿色青色朱色。

有时候有妨碍反而无妨。

视线起毛，不那么光洁，却有厚度——是厚度增加不确定感。越不确定，越有魅力，越有厚度，这话又绝对。绝对艺术。

这是古人书斋，当初就这等陈设？现在陈设着明式家具，结构上是虚怀若谷的惬意，而往另外地方一想，明式家具尤其是明早期家具，都有禁欲色彩。明早期的园林也是如此，从艺圃可以看出一点，从文徵明拙政园卅一景图上可以看出一点，拙政园卅一景图有一景为得真亭，跋文如下：

得真亭在园之艮隅，植四桧，结亭，取左太冲招隐诗"竹柏得其真"之语为名。手植苍官结小茨，得真聊咏左冲诗，支离虽枉明堂用，常得青青保四时。

看文徵明拙政园卅一景图的印刷品，得真亭就具有禁欲色彩，而不是质朴。跋文是"植四桧"，图片上却有五棵树，还有土坡和竹篱。那多出的一棵树不知道是构图的需要——打破二二平衡，还是原先就在那里的。造园的时候，对老树极其重视，不敢轻易砍伐。即使是拙政园卅一景图中的蔷薇径，仅仅是这名字香艳，营造法式还是禁欲的。所以艺圃有一种内敛的美。现在要看苏州内敛的美，大概只在艺圃。

我在古人书斋中稍立片刻，门窗回凹，领略得到心思，只是心思也是澄江一道，真个是窗明几净，以至于如果读张岱的小品会觉得偏淡，读徐渭的诗文又觉得太响，只有读《金瓶梅》。这书斋里的家具是禁欲的，建筑所传达出的氛围也是禁欲的，《金瓶梅》也是禁欲的。所有文字如果臻之上乘，本质上都是禁欲的。纵欲的是图像：比如《金瓶梅》插图。图像与文字的区别：图像难逃纵欲的命运，即使八大山人也是如此。所以画家喜欢美女而诗人更能体会女人的美。书斋外面是芹庐，或许这芹庐本就包括书斋，到芹庐的路有四条，两条是山径，一条是水道，一条是室内。大概是这四条路，我已记忆不清。从山径到芹庐，仿佛采药归来，艺圃里满是白云；从水道入芹庐，有钓罢归来不系船的萧散，会把森森草木看作瑟瑟芦花；而从室内进入芹庐，自然是私通了，我捉摸起古人的好处。芹庐里有药芹的气息和水芹的气息，买卖西芹的人如今这里出没：浴鸥、射鸭、斗鸡、缺斤短两，共度好时光。

我走出游廊，在天井里休息，猛听到隔墙邻居泼水，那里肯定有一口井，意思终究是不可言传的。

园林与住宅的关系为偏正结构。它的住宅在北面，因为住宅是正，况且现在不住人，所以空洞无趣，觉得被暗淡的水淹到胸口，我就划入园林——一墙之隔，通过磨砖方门。我先看到水阁，水阁上暴露的窗户竟然好像紫红色泳衣，池塘微微水印出肌肤。水阁是这一座园林的障景，障景要隔而不隔。也就是境界，不是隔，也不是不隔，隔而不隔。拿唐诗作例子，李贺难免隔，白居易难免不隔，隔而不隔的是李商隐。如果有机会在园林里读李商隐无题，才是人生华丽。华丽好啊，哪怕华而不实我也喜欢——为什么要有结果！从植物学角度看华而不实，往往更具观赏性。人生缺乏观赏性，等于井中没有月色。

坐在水阁，看到三块石板没入水中，其实是三曲桥贴在水面，与倒影吻合。想象石板上有隐隐苔痕，天边有盈盈雷声，雨中游园可能更好，完全一幅水墨画。阳光灿烂，不像油画，也像水粉，气息总不够散淡。波光粼粼，水色在水阁内的望砖、椽子和窗棂上晃动着留白，看久了，就看出人生如梦的意蕴。南面湖石假山上的光线断开，蹬道幽暗，人也散去，古静起来。而矶边一株红枫太红，红得像红娘，虽然未尝不见得娇嗔，洒脱进水里，也就是好的故事。设想以前的园主独坐水阁，看对面山景，看不到一个人，也不能有一个人，多美。美在人少的地方，甚至无人。

在半亭见到一块二尺二寸见方金砖，上面刻满"到此一游"，人都有雁过拔毛的冲动，芦苇瑟瑟，两地书写不成。园林原来是一家一户独居的，主人兴致来了，方去园子里看看走走。它不是游乐场，现在几乎游乐场一样——我看着一班人马攀爬着单点的太湖石，爬到上面留影，像与唐老鸭、米老鼠留影。

造园的时候，好石头要独立一处，以前术语叫"单点"，现在称为"孤置"。不论单点还是孤置，它说出园林的秘密：傲慢。园林是傲慢的，只对知己言语。

这一班人马又跑到假山上去打闹了，假山的制式是大假山以土为主，小假山以石为主，近看起脚（山脚），远观收顶（山顶），园林方面只知道卖门票，普及工作做得太少，以致游客进园之后不知道如何欣赏，只能打闹了。分田分地真忙，反正是抢来的，就这么着吧。没有私人，就没有园林，换言之就是园林之所以美正在于它首先是私人财产。

我从长窗的海棠格心看到后面假山，假山上树色竹色，有亭翼然：它欲飞去？人间的嘈杂比人间的苦难更是难以承受。即使在园林梦游，也不成了。我就走进游廊。游廊似乎连着楼阁的窗户，窗户的格心在遣词造句中变化，起先是户楄柳条，后来是柳条变井字，再变杂花，映着后院苍白色房子上的冰裂纹窗户，闻到妙香，闲吟起前人诗句：

　　阳光在花影里疏散
　　檐下的暗绿

后来想起这是自己写的，也就没有闲吟下去。

于是我又去复廊看阴影——复廊的粉墙上有一幅幅水墨画。何谓复廊？就是游廊中间隔以粉墙，开出漏窗，可以在两边观望。说是欣赏复廊，还不如说是欣赏复廊里的粉墙，西边的残阳斜照过来，东面的漏窗显得更暗了，原先漏窗里光鲜的景致开始暧昧。暧昧在艺术品位上，高的。

那些阴影越来越淡，最后消失，好像融进粉墙之中，粉墙一片灰色。而水榭边的白皮松由于高挺竟然明亮如银，这怎么可以！

我在复廊栏杆上坐一下午：四点半粉墙上的阴影像山水画，五点半粉墙上的阴影像三叶虫化石。

漏窗间或多或少的红粉——残阳如红粉，知己镜中人，我是我想象的女人，我以自己为知己，这怎么不可以！

在西边看漏窗，漏窗是暧昧的；在东面看漏窗，漏窗是直白的。但东面的漏窗终归及不上西边的漏窗好看，因为没有阴影。

粉墙上的阴影来自几棵桂树：我想起我在另一个园林里的梦游。

从游廊的八角空窗里望绿荫轩与明瑟楼，一门怀一门，一窗抱一窗，大有中国盒子之感：

有种玩具名"中国盒子"：打开一只盒子，里面是只盒子；再把这只盒子打开，里面还是只盒子……这就是东方的时间观。

而园林，尤其是私家园林，在我看来，完全是东方的时间观表现——它硬是做成可触可摸的沙盘。

近来我很喜欢"沙盘"两字。

现当代小说很少有写园林的——园林已经是与现实缺乏关系的事

物,它是遗民。晚清以降五四之前的小说之中,园林或多或少像是照相馆布景:那些人儿原形毕露。我的梦游该结束了,已经不是梦游,而是说梦。网师园凌霄花盛开,记得我曾经见到一床白猫卧于凌霄花下,竟然生出恐惧,那年,我在个园,当我走近,它雍容华贵地转过头来,眼睛里鼓荡邪气。许多园林都像这一床白猫,卧于凌霄花下,或者太湖石边,它雍容华贵地转过头来,但我没有看到眼睛——它的眼睛已被墓葬。

前几天我在拙政园,从倒影楼望宜两亭,它们是所谓的对景,隔着水廊池塘经幢湖石假山,宜两亭像只鸟笼:精巧,但也庞大。

我几次想起另一只鸟笼,明天要去看看它。梦游的确结束了。

在古琴梦游

之一

1

古琴像一个黑色的庭院。我对音乐毫无理解,对乐器略有感受——它们的形状偶尔吸引我。妹妹幼年学习琵琶,有位老先生每星期传授一次,《春江花月夜》《十面埋伏》;只是挂在墙上的琵琶煞是好看,宛若小头美人,臀部大大的,旁边有扇木格花窗,望得见荒地上的野杨梅树。或许野杨梅树好看。

顾老先生是位昆曲专家,他父亲把祖传园林捐给地方政府,以致顾老先生的昆曲传习所找不到栖身之处,他卖掉所剩不多的过云楼书画,租下园林中的一个院落,有时还拿藏品送礼,言下之意"高抬贵手"。一次他让人送副对联给某人,某人不知道状元手笔,不要;后来某人知道赛金花是这位状元的小老婆,就过来索取,顾老先生大概觉得俗了,死活不给,宁愿让某人利用职务之便专找昆曲传习所的麻烦。

除昆曲传习所外，顾老先生还做成个中国乐器博物馆，我就在那时看到古琴，在大堆奇形怪状的乐器之中，不失中正平和。

直到我在网师园的黄昏看到柔弱的带水汽的姑娘在月到风来亭放下一张古琴后倏尔不见……月到风来亭里有面镜子，好照水中月，现在，好照这一张古琴——不断流失并不是时间似水的缘故——镜子还照着粉墙上晚霞强颜欢笑的残红。是不是我真在网师园看到如此美景，已不可考。

古琴像一个黑色的庭院，夜深。我初听管平湖先生，觉得夜深了。我有两张管平湖先生CD，竟然听出管平湖先生的变化——风格上的变化或曰境界上的变化，风格变化往往也是境界变化。它们有长×宽×高。

夜深是管平湖先生的入神，他在弹奏中，我听出三种境界：夜深人不静；夜深人静；夜深不见人。

所谓"夜深人不静"，管平湖先生指下有不平之气，我喜欢上管平湖先生，首先这点。不是说有不平之气就好，不平之气甚至很不好，因为不平常常会走偏锋，而一走偏锋难免穷俭。管平湖先生的绝妙之处是不平但又笔笔中锋。

"夜深人不静"之际的管平湖先生，可以叫管不平湖先生。但他并没有因此夸张。

有关管平湖先生指下的不平之气，我把苏东坡的一段文字拿来比喻：

> 凡人文字，务当使平和。至足之余，溢为怪奇，盖出于不得已也（《与黄庭坚》）。

管平湖先生的不平之气盖出于不得已也,而王维"独坐幽篁里,弹琴复长啸,深林人不知,明月来相照",不妨拿来做"夜深人不静"的插图。

所谓"夜深人静",陶渊明有诗《答庞参军》:"衡门之下,有琴有书,载弹载咏,爰得我娱。岂无他好,乐是幽居,朝为灌园,夕偃蓬庐。"拿出几句,"夜深人静":

夕偃蓬庐,有琴有书,岂无他好,爰得我娱。

中国艺术有种"夕"的调子,也就是傍晚色彩,深奥就深奥这里,它是凹进去的。西洋艺术用三个字概括,"凸出来"。

所谓"夜深不见人",就是"夜深不见人"。说不得。

基本是与生平平行的。早年——"夜深人不静";中年——"夜深人静";晚年——"夜深不见人"。这当然凭想象,所知甚少。"夜深人不静"和"夜深人静",一般艺术家也能做到,而进入"夜深不见人"的堂奥,就不仅仅性情与功夫了。

古琴像一个黑色的庭院,也可以说管平湖先生像一个黑色的庭院,在管平湖先生指下,声色有黑之美,黑的,暗的。后来我听到吴景略先生 CD,他是白的,白和亮的。

2

"租赁期限"。我在电脑上连打"竹林七贤",结果打出"租赁期限"。快到期的是什么呢?拿着生死合同。星光跳跃。风。树梢上的暗。如此自负。花流年。食客。镜子哦井水,藤。

"竹林七贤"这个题材我画过几幅,有时候我把他们画成七块石头;有时候我把他们画成七条虫。没什么深意,我不会画人。说不会画人也有点借口,毕竟练过童子功:画素描,石膏像,人头。还是我不喜欢画人的缘故吧。(2002年诺贝尔文学奖获得者匈牙利作家)凯尔泰斯·伊姆莱在《另一个人》中写道:

我们不喜欢活着。我们不高兴活着。

这话听上去刺耳,实在中听。凯尔泰斯·伊姆莱的小说不怎么样,这本随笔册子却是极品。我为什么把他写上,因为听《长清》这首琴曲时,想到这两句话。《长清》据说嵇康所作,加上《短清》《长侧》《短侧》就是《嵇氏四弄》。到底是不是嵇康所作并不重要,即使有没有嵇康这个人我看也不重要——他已成为符号,就像中秋节(阴雨)没有月亮也并不能减弱月亮在中秋节的意义,嵇康就像月亮(王夫之在《古诗评选》中说:"而清光如月,又岂日之所能抑哉。")。都说《长清》描绘的是雪,我却听出月,月色。雪太着痕迹,月色留影却不可捉摸。我竟然还听出"我们不喜欢活着我们不高兴活着"——但既然我们还暂且活着,那就不妨喜欢活着高兴活着。正因为有"我们不喜欢活着我们不高兴活着"打底,所以这喜欢活着高兴活着究竟是一份从容和不羁。这也是我听《长清》时候听出的。法国作家安德烈·马尔罗说：

> 我们（西方人）与艺术最深刻的关系离不开我们与死亡的关系。但这是一个秘而不宣的关系，是有待发现的关系。而在你们国家（日本），不存在这个。日本把和谐放在死亡的对立面（《反回忆录》第五部之二）。

只是我听管平湖先生《长清》之后，就不太同意安德烈·马尔罗说法。我们与艺术最深刻的关系也没有离开过死亡，与西方人相比，更是一个秘而不宣和有待发现的关系。我们也没有把和谐放在死亡的对立面，而是在死亡中寻找和谐——庄子出世、道家养生，它的基础就是对死亡的深刻认识。只是比西方人洒脱，绵里藏针。

我在前面写道："我就在那时看到古琴，在大堆奇形怪状的乐器之中，不失中正平和。"也就是说那时古琴的形状还没有打动我。其实"中正平和"四字，是我对记忆的修正。我现在一步步退回去，这样或许更接近我当初感受：

我就在那时看到古琴，在大堆奇形怪状的乐器之中，不失个性。

大概我在潜意识里已经感受到死亡的象征。死亡是最有个性的，因为看上去像抹杀个性。多年以来，我想起古琴，就会幻觉为一具精美的棺椁。只是近来听到管平湖先生，才发生比喻上的变化：

古琴像一个黑色的庭院，夜深。

但其中还是有死亡的象征。

古琴不会死亡，古琴文化已经死亡。管平湖先生是它的送葬者，也是陪葬者。现在只有古琴表演艺术。

昆剧、园林也是如此,死是死不了的,但作为文化——已经在文化上死亡了。昆剧文化死于清初,园林文化死于清末。古琴文化呢?古琴文化死于一九六七年三月二十八日。

嵇康被杀头,这一杀,杀出传统文化的完美、圆满和功德。如果嵇康不被杀头,那可要让后人抱憾终身。

管平湖先生是落魄的,管平湖先生不落魄,就像鲥鱼无刺海棠有香。鲥鱼的美就在于有刺,海棠的美就在于不香,管平湖先生的美就在于落魄。

3

我对管平湖先生的兴趣或者说对古琴的兴趣源自管平湖先生的《流水》。

《流水》可说古琴曲中名声在外的一首曲子,我这个不喜欢音乐的人也早耳闻,以前听人演奏,心想这就是俞伯牙《高山流水》的《流水》,那他找到知音钟子期也算不上什么。因为我这只"平生未识宫与角(苏东坡《听贤师琴》)"的蠢笨耳朵,也能听出汤汤乎志在流水。

《流水》现存最早的琴谱见于明初朱权《神奇秘谱》,他说《高山流水》本是一曲,唐朝的时候一分为二,到宋朝又分起段落,《高山》四段,《流水》八段。

《流水》旧谱无"七十二滚拂",这是川派张孔山所加。张孔山,晚清道士,云游天下,名满一时。很像后来的张大千。张孔山《流水》与张大千"彩墨画"还是"泼彩画"的,也真有点相似:热闹,鲜艳,漂亮，媚俗，但影响极大。张孔山《流水》使近代弹《流水》的琴家几乎都不弹古谱，而以此为体或者在此体上变体。

张孔山之前《流水》我没听过。这加上去的七十二滚拂，顿使写意精神荡然无存，这《流水》已是西洋风景画里的流水，不是中国山水画里意到笔不到的留白。

管平湖先生也不能免俗，他的《流水》也有七十二滚拂，但却是我听过的《流水》中最不炒作和最没火气的。他意到便止，不口诛笔伐，也不大动干戈。

话说回来，如果认同苦瓜和尚"笔墨当随时代"，那么从这角度看张孔山《流水》，的确极有时代性：乱世之音。其他琴家也弹出或大致弹出这乱世之音。而管平湖先生高出一筹的是他弹出在乱世之中而能够坐怀不乱的一个人的品行。在对《流水》的处理，管平湖先生以新为故，以俗为雅。尽管如此我还是不喜欢《流水》，包括管平湖先生弹奏的《流水》。但从管平湖先生弹奏的《流水》开始，我对管平湖先生有了兴趣，也对古琴有了兴趣。

我就去找有关管平湖先生生平事迹的图书资料。查阜西先生在一九五一年五月二日的《琴坛漫记》中写道：

> 管平湖年五十四，苏州齐门人，西太后如意馆供奉管劬安之子（管劬安卒于宣统三年），父死时年稚，及长，从其父之徒叶诗梦受琴。据云其父与叶诗梦均俞香甫弟子（已故二十年，故时年七十）。嗣于徐世昌作总统时从北京人张相韬（其时张年四十四）受《渔歌》及有词之曲三五，为时仅半年云。嗣又参师时百约二

年，受《渔歌》《潇湘》《水仙》等操。民十四年游于平山遇悟澄和尚，从其习"武彝山人"之指法及用谱规则，历时四五月整理指法，作风遂大变云。又云悟澄和尚自称只在武彝山自修，并无师承，云游至北通州时曾识黄勉之，后遇杨百时听其弹《渔歌》，则已非黄勉之原法矣。管平湖一生贫困，与妻几度仳离，近蹴居东直门南小街慧昭寺六号，一生以外无长物矣。十三龄即遭父丧，但十二岁时父曾以小琴授其短曲，故仍认父为蒙师。管亦能作画，善用青绿，惜未成名，则失学故也。五六年来，有私徒十余人，郑珉中、溥雪斋、王世襄夫人、沈幼皆是。又曾在燕京艺校等处授琴，此其惟一职业。溥雪斋称其修琴为北京今时第一，今仍以此技为故宫博物院修古漆器，惟仅在试验中耳。问其曾习何书，则云只《徽言秘旨》《松弦馆》《大还阁》《诚一堂》诸种耳。

抄书半天，不免眼累。我觉得抄书比写书累——写书闭着眼睛往下写就是了。又听一遍《鸥鹭忘机》。

《鸥鹭忘机》取材《列子》：有个渔翁海上漫游，鸥鹭常常栖集在他船头。　次渔翁动念，鸥鹭就高飞不下了。写文章也是如此，不管多么春秋笔法，只要作者动念，总能被人看出。虽说人并不比鸥鹭智慧，但好歹还是比鸥鹭多认几个字。

4

管平湖先生的黑白小照：管城子无食肉相。

管平湖先生《良宵引》，溥雪斋先生《良宵引》，刘少椿先生《良宵引》，我反复聆听，寻找差异，以为训练。

对于我这个外行而言差异很小；内行那里，定然天壤之别吧。艺术的魅力也在这里。欣赏艺术，知识不是唯一的，首先要静心，还有就是敬畏。不仅仅对艺术家敬畏，也不仅仅对艺术敬畏，本质是敬畏时间。但我对管平湖先生的敬畏之中，还有对艺术家本人不幸身世的迷恋。

古琴流派明清以来日见繁多——这是琴家个性复苏独辟蹊径的表现。文学理论中有个"互文本"说法，听琴的时候可能更加明显。流派日见繁多，看似山头林立，带来的结果却是各流派之间的渗透，而不是切断和隔离。流派存在的前提就是各流派之间的交流与碰撞，如果某个时代只有一个流派，那就很难说它是流派，或许说它为风格要来得妥帖。还不能说是风格，只是类型。

风格统一质地，而流派是纷争的、琐屑的。

魏晋是古琴风格的成熟期。有了风格上的赋予和保证，才有后来流派产生的可能。而流派日见繁多的另一面：是它在努力迟延衰落的到来。

《长清》据说嵇康所作，《酒狂》据说阮籍所作，不论真伪，其中颇有魏晋风度。就像不论王羲之《兰亭序》真伪，那种风度已经先在地赋予我们对魏晋风度的认识，魏晋风度本来就是虚虚实实的一种风度。拿《长清》《酒狂》与《兰亭》比较，它们有风度上的一致性：镜花；水月。这样说并不准确，算作暂借。

《兰亭》决定书法的美学内涵与走向。《兰亭》是书法的质地，在这块质地上每个书家抒发不同的笔性墨性人性个性，万变不离其宗。米芾有另起炉灶新编质地的意识，杨维桢也有这个意思，他们可说是书法观念变革的先行。只有碑学兴起，书法才在《兰亭》这块质地之外增添另一块纤维布，还是无法与《兰亭》的美学内涵与走向抗衡，因为《兰亭》是成熟期的瓜熟蒂落。

中国艺术的成熟期很短,衰落期却迈长,各个时期总能听到它的余音。余音如此完美之际,于是也就结束。

《长清》《酒狂》决定古琴的美学内涵与走向,它们是古琴的质地。明代虞山派为什么影响巨大,因为它梦想着古琴成熟期的风格——也就是对魏晋风度的理解和假设:清,微,淡,远。这绝不是后来的纤弱。有人说管平湖先生瞧不起清微淡远,我以为不是这么一回事。管平湖先生瞧不起的是在清微淡远名下的纤弱、空洞、乏味和做作。

中国艺术也许真需要借助复古倾向与复古运动,才能步履维艰地往前走上几步。

我没有听到管平湖先生弹奏《酒狂》,据说有录音。我听过刘少椿先生《酒狂》,姚炳炎先生《酒狂》,刘少椿先生在《酒狂》里终于脱下棉袍,姚炳炎先生倒是一直绸衫飘飘。刘少椿先生的《酒狂》里有幽默感,对魏晋风度的理解,不把幽默作一角度,还少只眼。

管平湖先生的《流水》:大用外腓,真体内充。返虚入浑,积健为雄(司空图《二十四诗品·雄浑》)。

顾梅羹先生的《流水》:采采流水,蓬蓬远春。窈窕深谷,时见美人(司空图《二十四诗品·纤秾》)。

卫仲乐先生的《流水》:惟性所宅,真取不羁。控物自富,与率为期(司空图《二十四诗品·疏野》)。

司空图《二十四诗品》据说是部伪书,像煞明人口气。但它有个好处,往什么上面都可以一套。

5

记忆缺胳膊少腿。记忆把眉毛画在嘴唇上，不管怎样还可以冒充胡须，如果画在眼睛下，它偏偏常常把眉毛画在眼睛下。

我现在想起，我见到古琴的时间还要早些，比"我就在那时看到古琴，在大堆奇形怪状的乐器之中，不失个性"要早，那时我二十来岁，在南京，有位小说家约我去南艺成公亮先生家听琴，成公亮先生刚从荷兰回来，与荷兰音乐家合作出版一盘音乐，封套上，我现在还记得那名字：《泰湖与风车的对话》。"泰湖"——"太湖"。先听《泰湖与风车的对话》，接下来成公亮先生"手谈"。他在房子的空处点上蜡烛，白色。一房子的人。《梅花三弄》。《平沙落雁》。《忆故人》。还有，忘了。这才是我第一次看到古琴。但好像也不对，因为看到后我没有惊讶，好像早已见过。

板凳上的人。地板上的人。成公亮先生背门而坐，门是粉绿的。或许在白天就不粉绿。小山·李送给成家千金的一幅水墨山水，被成家千金四角粘上化学胶水，四块亮晶晶的斑点显现在门板，有种对称的感觉：影子与白色。

现在想来我并没有惊讶不一定早已见过，大概古琴被影子遮蔽，不见蓬门花径。

听罢回家，南艺校园空空荡荡，一块又一块的水泥地。

香令人幽，酒令人远，石令人隽，琴令人寂，茶令人爽，竹令人冷，月令人孤，棋令人闲，杖令人轻，水令人空，雪令人旷，剑令人悲，蒲团令人枯，美人令人怜，僧人令人淡，花令人韵，金石彝鼎令人古。这是陈继儒《岩栖幽事》里的句子。回家路上，我现在才感到当时的寂寞，而琴并不会令人寂，琴声也不会。

俗话说明人空疏,也没什么不好,他们已经心领神会,于是词不达意、言不及义。

6

"坡仙琴馆"在怡园,也就是顾老先生他父亲捐给政府的那座园林。苏州私家园林大多数是被政府先充公了——园林继承人后捐,而顾老先生他父亲一看新中国成立,首先捐出。怡园虽然是私家园林,新中国成立前它就对市民开放,免票进入。顾老先生他父亲是"四王"一路的传统画家,但很通达,拿出银圆让颜文梁去欧洲学油画。他对新生事物都有兴趣,所以也会接济共产党。他祖上得到一张苏东坡的琴(现藏重庆博物馆),这是"坡仙琴馆"由来。我见过查阜西、樊少云等人在"坡仙琴馆"雅集时的合影。樊少云这个人很了不得,他是颜文梁、吴湖帆的图画老师,擅弹琵琶,被称为琵琶圣手。我妹妹的琵琶老师就是樊少云学生。樊少云喜欢收藏小古董,夫人不高兴:"这些东西饥不能为食寒不能为衣,要它何用?"樊少云说人家花钱买我的画不是一样没用么!

我以前常去"坡仙琴馆"坐坐,这是苏州园林里少有的几个没被糟蹋的亭台楼阁——被拙劣的字画、生硬的盆景、粗俗的花卉糟蹋。其实花卉没什么粗俗不粗俗,但把一串红波斯菊放在亭台楼阁中,总觉得粗俗。我今年回苏州,顿觉变味,"坡仙琴馆"前面的庭院,简直集市。一些当地琴人在那里雅集,琴声被导游的喇叭声、茶座的音箱声撕得八粉四碎,然后让看热闹的游客不怀好意地一口气吹掉。我对雅集主持人说,这里怎么弹琴,该换个地方了。他说,这里好,"坡仙琴馆"的建筑处处是为弹琴设计的,你看,头上的船篷顶,你看,地上的大方砖,你看,南风吹来。

苏州这个地方难得见到乌鸦——即使在郊区。倒常常有白鹭飞来,白鹭的白色粪便里含有某种物质,把虎丘山上一大片树林毒死,虎丘塔也成一座歪斜着的白塔,从比萨来的游客一眨眼以为又回到比萨,只是没卖比萨饼只有兜售芝麻烧饼的。白鹭给苏州增添又一份清丽和轻薄,没有乌鸦,苏州城虽说古老,总少一点沉郁。

地气不厚,难出乌鸦。

我听过管平湖先生《乌夜啼》,乐曲开端月明星稀——舒缓而平稳的泛音,不一会儿,小乌鸦们在巢里蹦蹦跳跳,与这个活泼的主题相对,是用低沉的按音按出一只老乌鸦的形象,温和,慈祥,应该是一只老母乌鸦。这是心境,人在某一刻感到新生,但往事与回忆却不断闪回,反而陷入更大的踌躇之中。

这些年从苏州到北京乘火车也只要十四个小时。当初管平湖先生从苏州到北京不比我们现在从中国到马绍尔群岛容易。管平湖先生小小年纪离家出走跑来北京——吴文化已经狭窄得容不下人,所以我从不把管平湖先生看作苏州人。晚年管平湖先生火气全无,但在勾挑之中,偶尔还能听到琴弦上溅起一滴少年热血。

有老杜的感时、恨别,管平湖先生的琴风是老杜诗品。吴景略先生的琴风是小杜诗品。

7

春宵一刻值千金。春晓一刻值三百两银子。管平湖先生弹奏的《春晓吟》里,有银子的光泽。闪亮。流动。跳跃。晃动。舒展。摆动。

难得好心情。

难得好心情只是我辈；管平湖先生好心情。

好心情。

管平湖先生一袭长衫，从几枝花边出来了。

8

阳春。白雪。阳春白雪。高雅代名词。一句用滥的成语。成语都是被用滥的，白雪总是会融化的。

《白雪》这一首琴曲相传为春秋时期晋国师旷所作。我不太喜欢这个人的琴以载道。我对载道派都不喜欢。

《白雪》的身影有点粗。缺乏细节。这是我初次听《白雪》印象。后来听到管平湖先生的《白雪》——有融化的声音，我稍稍听了进去。

管平湖先生的《白雪》是北京胡同里的雪。

雪上的反光，夜如明镜。管平湖先生踏雪去小酒馆喝酒。他是深得酒趣之人。

1946年冬季一天晚上，管先生约我一起到广播电台去演播。广播节目结束以后，我们一起乘电车由六部口回北新桥，下车时已经是夜里10点多了。那天天气很冷，管先生兴致勃勃地邀我去吃夜宵。我们走进了十字路口南边路西一家新开业的小馄饨铺，他买了两碗馄饨、两个烧饼、二两白酒和一碟煮花生米，我慢慢吃着馄饨，他一边喝着酒，一边和我讲述发生在不久前的一场惊险护琴故事。那也是去广播电台演播以后，他乘坐三轮车由电台回报恩寺寓所，当车行至长安街西三座门（已拆除，原址在今 28 中学门前）时，迎面飞快地开过来一辆卡车，由于车速快路面窄，一下子蹭在三轮车上，车子被突如其来的汽车撞翻了，管先生被甩出去两米多远，他的膝部、肘部多处被挫伤，好不容易才挣扎着爬起来，而那张琴却依然完好无损地被他紧紧抱在怀里。说到这里他笑着对我说："在翻车的一刹那，我更加用力地抱紧了琴，虽然我被抛出车外翻了一个滚儿，但是琴却始终没有着地（王丹《泠泠七弦，响彻太空——记著名琴家管平湖先生》）。"

据说那是张名为"清英"的唐琴：朱红色杂以墨云髹漆，周身布满蛇腹断纹。

据说琴不过百年不出断纹。年代不同，断纹也不同。有梅花断、牛毛断、蛇腹断、冰纹断、流水断、龙鳞断和龟纹断等等。我从《古今图书集成》《琴瑟部》里摘出有关断纹一章：

  古琴以断纹为证，琴不历五百岁不断，愈久则断愈多，然断有数等。有蛇腹断，有纹横截琴面，相去或一寸或二寸，节节相似，如蛇腹下纹。有细纹断如发，千百条亦停匀，多在琴之两旁，而近岳处则无之。有面与底皆断者。又有梅花断，其纹如梅花头，此为极古，非千余载不能有也。盖漆器无断纹而琴独有之者。盖它器用布，漆琴则不用；它器安闲，而琴日夜为弦所激，又岁久桐腐，而漆相离破。断纹隐处虽腐，磨砺至再，重加光漆，其纹愈见。然真断纹如剑锋，伪则否。

不知句读得对不对？想象管平湖先生在冬夜的小酒馆里喝酒、说话，有时候一句也不说，他是我们附近的人、身边的人。见过管平湖先生的人都说管平湖先生随和，我相信。我也见过一些大师，也都随和，他们身上有着很亲切的人情世故。

随和是另一种谦逊。只有谦逊才能领略中国传统文化的奥秘与乐趣。

谦逊是这个时代所剩不多的才能。浮躁又烦躁，哪来谦让再谦逊？

我在管平湖先生《广陵散》中，也没有听到杀气。聂政刺韩王之时，并不穷凶极恶，相反有一种谦谦君子的风度。在管平湖先生看来，聂政首先是位琴家，曾经入山学琴十年。管平湖先生对聂政的阐释，既新颖，又合理。在我看来里面更有的是怜悯和同情，聂政抑或自己？

管平湖先生的《广陵散》悲天悯人，也有自己的身世之叹。这一点是很确切的。他不是让你热血沸腾，而是一波一波波及心底苍凉。

《白雪》：衬着蓝天的白雪，大得很。

之二

1

飞了。它们从哪里飞起？没有来头。它们从飞来处飞起，这也不是它们来头。高了。远了。点。一点。一点点。空明的境界，画面上水性植物颜料拖出一笔，隐约的花青，天，它们。它们——

落下。这些水墨的大雁线条参差，浓，淡，浓，淡，浓，淡，浓，淡，不浓不淡，浓。

又淡了。

这些水墨的线条忽浓忽淡，交织，穿插，雁颈摩擦着潇潇风声，心驰神往中的飞白。

荡开来隐约的花青天；沉下去干净的沙白地。

平沙是一片白沙。

这些水墨的大雁，它们在白沙上相互晕染，消长，渗透，浓墨碰撞着淡墨，淡墨冲破了浓墨，枯墨紧抓着湿墨，湿墨放开了枯墨，焦墨点化着宿墨，宿墨抬高了焦墨……

浓在淡中，水在墨中。平沙是一片白沙，白沙之外，春江秋水。

雁颈摩擦着，雁翅纠缠着又分开。小墨点。大墨点。墨团团。芦花团团。

文字追不上音乐。我听着管平湖先生《平沙落雁》，写下这些。宋徽宗画过大雁，他的真迹我见过，宋徽宗的大雁缺乏潇湘之气。边寿民画过大雁，他的真迹我见过，边寿民的大雁不少扬州之气。虚谷和尚画过大雁，就叫《平沙落雁》，我没见过原作，忘记是他款识还是后人所取题目，虚谷和尚的《平沙落雁》，有空明的境界。我疑心虚谷和尚是听琴曲《平沙落雁》后的信笔之作。《平沙落雁》这阕琴曲由来已久，关于它的作者，有说成是唐代诗人陈子昂的。张岱《陶庵梦忆》里说：

戊午，学琴于王本吾，半年得二十余曲：《雁落平沙》……

由此可见，《平沙落雁》明朝的时候被称作《雁落平沙》。意思一样,但在文字上唤出的情感与趣味却大相径庭。《平沙落雁》由面及点,《雁落平沙》从点到面。我刚才听着管平湖先生《平沙落雁》所写下的这些,倒更接近《雁落平沙》。从这阕琴曲的意境上(确切地说应该是描述性的部分)来看,似乎是《雁落平沙》。但《平沙落雁》这名字却风雅。风雅莫非就是闭门造车、不准确、割舍和丧失?风雅莫非就是自以为是?这一点,我想我也是风雅的。

2

《风雷引》和一般琴曲不同,"其节奏奇纵突兀,苍郁险峻,自非凡调(转引自许健《琴史初编》《小兰琴谱》)"。从这阕琴曲的演变来看,它是由怯入勇(《风雷引》到底是不是就是《霹雳引》的苗裔,自然仁者见仁智者见智),如果我们接受《风雷引》就是《霹雳引》的苗裔,那么对它的理解——我对它的理解是怯勇,我听它的时候,脑子里是林冲夜奔的情景(李开先《宝剑记》第三十七出《林冲夜奔》):

【双调新水令】按龙泉血泪洒征袍,恨天涯一身流落……

【驻马听】良夜迢迢,投宿休将门户敲。遥瞻残月,暗度重关,急步荒郊。身轻不惮路途迢遥,心忙又恐人惊觉。魄散魂消,魄散魂消,红尘误了武陵年少。

【折桂令】……恰便似脱扣苍鹰,离笼狡兔,摘网腾蛟……鬓发萧骚,行李萧条。这一去,博得个斗转天回,须教他海沸山摇。

【得胜令】……悲嚎,英雄气难消。

【沽美酒】怀揣着雪刃刀,行一步哭号咷……忽然间昏惨惨云迷雾罩,疏喇喇风吹叶落,振山林声声虎啸,绕溪涧哀哀猿叫……

《风雷引》我一直听不进去。后来联想到林冲夜奔,才有可歌可泣的场面,但是,是内敛的。管平湖先生《风雷引》也是内敛的,看过昆曲《夜奔》,就是这种劲——还是不能比较。管平湖先生的劲是内热外冷,他的风雷——风是吹在老树间的风,雷是沸在高远处的雷。

风偶尔也吹到几棵小树身上。

3

这是一阕与孔子有关的琴曲。传说是蔡邕所撰的《琴操》有则补遗:鲁哀公十四年西狩,薪者获麟,击之,伤其左足。将以示孔子,孔子道与相逢见,俯而泣,抱麟曰:"尔孰为来哉,孰为来哉?"反袂拭面,乃歌曰:"唐虞世兮麟凤游,今非其时来何求?麟兮麟兮我心忧"……后面更荒唐,我也就不抄了。

管平湖先生《获麟操》中孔子形象,不是《琴操》里"俯而泣""抱麟""我心忧"这么一个夸张的、拙劣的、一如漫画的孔子形象,而是《史记》里"不怨天不尤人"的孔子形象。《史记》里也有"获麟"故事,与《琴操》补遗"获麟"相比,它似乎是管平湖先生不温不火琴风的"图解",也是管平湖先生不怨不尤品格的"图解"。

由于道听途说,管平湖先生的苦难生活给我留下烙印,以致一开始妨碍我对他音乐的欣赏,先入为主,望文生义。其实凡大艺术家都能超越——别说物质,就是精神也不能使之拘困——他总在不断地超越,达到自由境界。而这个自由境界外观以形式,就是变化多端、高深莫测。说管平湖先生的琴风雄强劲健,就雄强劲健;说管平湖先生的琴风清微淡远,就清微淡远;说他急,也急;说他缓,也缓……唐代琴家赵耶利对当时的不同琴风分析道:

吴声清婉，若长江广流，绵延徐逝，有国士之风；蜀声躁急，若激浪奔雷，亦一时之俊。

　　"长江广流"和"激浪奔雷"，在管平湖先生那里，给综合了，就像他的本家管夫人所说"我中有你你中有我"。以《流水》为例，他在平常琴家弹出的躁急、激浪奔雷之外，管平湖先生还弹出流水的深、深广和绵延徐逝。别人的流水是涧水，管平湖先生的流水是长江广流。管平湖先生的《流水》，美在一个"深"上，不但有速度、有广度，还有深度。

　　或许可以这么说，我的直觉，管平湖先生是古琴文化的集大成者。

4

　　到目前为止，这是所发现的最早一份琴谱（原谱为唐代人手抄，谱前小序说该谱传自丘明，丘明生活在五、六世纪），用文字记录，所谓文字谱。记起来很麻烦，像一个饶舌的人同时又是大舌头。后来有了减字谱，我以为是天书或天书的来源。

　　……暗黄的长卷徐徐展开，一根又一根兰叶劲挺、疏远，微微颤动，无风而动……

　　意韵萧然。

　　《碣石调·幽兰》大有古趣。是不是吟猱甚少的缘故？北宋之前的书法家写字，极少使用偏锋。吟猱是琴里偏锋。

　　"神理气味者，文之精也；格律声色者，文之粗也（姚鼐《古文辞类纂序目》）"，《碣石调·幽兰》：单纯的格律声色，神理气味却不可捉摸。

一首四言诗。你能听到几个人神情各异风度不同地吟咏着自己所写的一首四言诗。一个人在朗诵前有点不好意思,冷场。有个人多喝点酒,嗓子提高起来,旁边朋友拉拉他的袖管。一个人念到一半,忘记了,流失了。

5

二〇〇三年九月三十日晚饭后听管平湖先生《潇湘水云》不觉梦寐有一大屏风背后纱罗窈窈私语有花曰郁纡花又曰凄恻花江山多故极意天下流连卉木探赜洞微萧然物外自得天机有一大墨团未敢漫为许可团团墨痕无迹可寻四壁并非己有一簪不得随身三径虽荒两乳无恙家计渐窘在在饥荒未卜前途何似兴尽而返亦无容心也有一大家伙虽说是大空白却支离破碎醒来头甚痛。

管平湖先生《潇湘水云》大空白是大空白支离破碎却支离破碎。

头甚痛。

管平湖先生《潇湘水云》:国破山河在,城春草木深。

这"国破山河在城春草木深"十个字,可以用来比喻管平湖先生弹奏此曲时所传达出的风神,至于到底是不是这层意思我看并不重要。或者也可以这么说大空白是大空白支离破碎却支离破碎。

头甚痛。

我曾经把管平湖先生《潇湘水云》,吴景略先生《潇湘水云》,查阜西先生《潇湘水云》,放在一起听。那个晚上,我黄酒、绿茶、咖啡,都喝了。

6

明人田艺蘅《留青日札》《弹胡笳》条：

戎昱诗："绿瑟胡笳谁妙弹，山人杜陵名庭兰。"不知胡笳何以弹之？

"绿瑟"，《全唐诗》作"绿琴"。唐时有名琴"绿绮台"。戎昱此诗名《听杜山人弹胡笳》或《听杜山人弹胡笳歌》。唐朝开元天宝年间著名琴师董庭兰擅长《胡笳》，一时风靡，戎昱诗中的杜山人，就是董庭兰的学生。山人弹的不是胡笳，胡笳当然不能弹只能吹；而是《胡笳》琴曲，《大胡笳》或者《小胡笳》琴曲，当然可以弹了。

"琴声在音不在弦"。从戎昱《听杜山人弹胡笳》中也可看出，琴在中唐就已下坡："如今世上雅风衰，若个深知此声好？世上爱筝不爱琴，则明此调难知音。"

世上爱筝，宫里爱鼓。《羯鼓录》记载一件事：

上（唐明皇）性俊迈，酷不好琴，曾听弹琴，正弄未及毕，叱琴者出曰："待诏出去！"谓内宫曰："速召花奴，将羯鼓来，为我解秽！"

花奴是他宠爱的侄子兼鼓手。看来俊达的人与琴无缘，而浮躁的时代与琴也无缘呢。

7

小时候读《离骚》，许多字不认识，也就没读进去。稍大一点，认识一些字，但还是不知所云。因为那一些字认识算是认识，放在一起，却不知道意思。我一直要到前几年才读《离骚》，也抄过四五遍——我临米芾《离骚经》法帖。临帖的时候，只注意用笔点画结构，屈原说些什么，并不关心。有关《离骚》，淮南王比之《国风》《小雅》，朱熹在晚年说"其语祀神之盛几乎《颂》"。所谓风雅颂，清末刘熙载这么说：

诗喻物情之微者，近风；明人治之大者，近雅；通天地鬼神之奥者，近颂。

我如果喜欢《离骚》的话，喜欢的是我以为"通天地鬼神之奥者"这一部分。

管平湖先生《离骚》，是一个儒者所注解的《离骚》。很接近李白这两句诗：

正声何微茫，哀怨起骚人。

李白集中，这两句诗最有儒者风气。

管平湖先生是怅然的，但不怅然若失，他没有怀才不遇的理想，怀才不遇是种理想。他能随遇而安，离骚而能"不怨天不尤人"，自有一段襟怀。

8

我所听到管平湖先生——《欸乃》是最愉悦的，其中烂漫，回忆，不是柳宗元的渔翁生活（这阕琴曲根据柳宗元《渔翁》"渔翁夜傍西岩宿，晓汲清湘燃楚竹。烟消日出不见人，欸乃一声山水绿。回看天际下中流，岩上无心云相逐"一诗而作），而是一个孩子——在水边长大的孩子的情景。

是管平湖先生对家园——对水乡的回忆？童年。天真。水。清水。桥。板桥。船。乌篷船。白篷船。橹声。风声。光与影。

管平湖先生《欸乃》之中，有种"入声字"的美。管平湖先生能弹出"宿""竹""绿""逐"这些"入声字"的美。北方琴家大概不能弹出。

苏东坡认为，柳宗元《渔翁》后两句尽可以删除。如果删除的话，我想，也只是唐人诗中常见小品，有这两句，方成别调。

大艺术、大生命，都是正声之外的别调。我见过管平湖先生几张合影，他人都穿中山装，他穿长衫，也是别调。

《锁麟囊》中有这么两句唱词："轿内的人儿弹别调，必有隐情在心潮。"

胭脂史

有时候，杜甫的确会让人情绪大坏，他写得太好了！屈原，曹植，李白，苏轼，吴梅村，前面的，后面的，他那里全有。

陀思妥耶夫斯基的小说与梵高的画，是不是有相像之处？少年时期的我甚至觉得这两人长得都很像，冥冥之中有兄弟。

有味道的好字，只有一个人做到：王羲之。在他的一些尺牍中，而不在《兰亭序》。好难得，味道更难得。沈尹默是好，林散之是味道。我个人更喜欢《二谢》《得示》之类。

明代陈贞慧在《秋园杂佩》中说茶："淡者，道也。虽吾邑士大夫家，知此者可屈指焉。"又说湘妃竹，有四字描摹。他描摹湘妃竹"胭肌猩晕"，极好。我给它改一字，可能更好："胭肌墨晕。""胭肌墨晕"，这把红湘妃与黑湘妃都说到了。

章太炎《訄书》，1899 年于苏州付梓。訄，音球，"訄，迫意。本集取名《訄书》，意谓书中所论及皆为匡时救国被迫非说不可之问题"。这个字，吴方言至今还在使用，例句："无不办法，恩奶訄我（没办法，他訄我）。"就是这个"訄"，非"求"，亦非"囚"。

一年将尽，通宵把我今年写的随笔看了一遍，它们好像有独立思维，脱离我于一边自顾自织物。我也不能强做自己作品的解人，放上几年，到时再作判断吧。今年年头，我突然新建一个文件夹，莫名其妙取名为"锁状随笔"，现在看来锁在那里了，钥匙暂时还没有。